LE FILS DU GOUVERNEUR

Ouvrage publié
sous la direction de Cynthia Liebow

ISBN : 978-2-917559-83-3

Jean-Marie Baron

LE FILS DU GOUVERNEUR

Éditions Baker Street

Du même auteur

L'Idée du Sacré, ouvrage collectif, Massot Éditions, 1978.

Tapiès, avec Michel Butor, Éditions Maeght 1991.

Rembrandt et la Bible, Éditions Herscher, 1993.

Caillebotte impressionniste, Éditions Herscher, 1994, 2005.

Cézanne : natures mortes, avec Pascal Bonafoux, Éditions Herscher, 1993.

Joseph Kessel: Ami, entends-tu..., Éditions de la Table Ronde, 2006 ; Folio Gallimard, 2008.

« Spécial Kessel » avec Olivier Weber, revue *Sept* n° 30, 2020.

Un séjour sur les hauteurs, conversations avec Satprem, Auroville Press Publishers, 2023.

Incipit

Avec un titre comme celui-là : *Le Fils du Gouverneur*, l'on pourrait présumer le fils personnage principal de ce récit. Il n'en est rien.

Si j'ai cru bon de mêler aux histoires de la vie de mon père certaines autres de la mienne, c'est soit parce qu'elles ont un lien temporel direct, soit parce qu'elles me sont apparues porteuses d'une résonance intime, d'un héritage. Pour tout dire, d'une filiation…

Je me suis laissé porter par le fil de ma plume, laissant jouer les bribes de ma mémoire, sans craindre de mêler, à des anecdotes parfois légères, d'autres plus lourdes de sens où la petite histoire rejoint la grande. C'est, au fond, d'un carnet de voyage qu'il s'agit dont les méandres, les chevauchements, les hasards composent, dans un ordre parfois aléatoire, l'itinéraire d'une vie, ses événements, son karma.

Ainsi, et peu à peu, l'Inde est-elle venue se greffer à diverses reprises dans le flux de ce récit jusqu'à y occuper une part importante ; reflet de celle qu'elle joua dans la vie de mon père et presque autant dans la mienne.

On l'aura compris, dans la réalité comme dans l'imaginaire, je dois beaucoup à cet homme.

J'ajouterai que si les lignes qui suivent pèchent par excès de citations, de références poétiques, c'est parce que, jusqu'à ce jour, elles ont bercé ma vie et furent, en toutes circonstances, entre lui et moi, notre lien indéfectible, notre jardin secret.

I

Il est mort dans mes bras et longtemps j'ai tenu sa main qui s'est ouverte puis figée peu à peu dans la mienne.

Si alerte hier encore, son visage avait pris des allures d'empereur romain qui ne lui ressemblaient guère. Il n'avait pas le menton volontaire mais une vraie belle gueule d'homme, un peu à la Gabin, en plus fin, plus racé.

Enfin voilà. C'était mon père.

Et puis, comment dire, le souvenir de cet instant fatidique hanté par cette image terrible, celle qui disparaît à jamais quand le cercueil se referme. Et ce qui reste mais finira par s'estomper comme un mirage qui vibre, s'étiole et s'évanouit : cette gravité troublante que l'on surprend aussi dans le regard des enfants à des moments précis, quand, perturbés par une situation nouvelle, ils se sentent tout à coup perdus.

Mais là, évidemment, cette gravité semblait plus profonde, plus définitive. Alors je lui ai posé mon autre main sur le front puis sur les cheveux, sur la tête. Et tout à coup, dans ce grand relâchement de tout, cet abandon, lui aussi presque enfantin, il y eut cette esquisse de sourire, cet apaisement auquel on voudrait tellement croire.

Était-ce parce qu'il avait vécu plus intensément que bien d'autres ?

Ou parce qu'au bout du compte, si l'on considère les plateaux de la balance – une image qu'il aimait bien –, il était plutôt satisfait de ce qu'il avait réussi à faire de son parcours ?

À coup sûr, ce n'était pas à cause de quelques faits de gloire dont il aurait pu, à juste titre, être fier mais plutôt en vertu d'une grâce particulière qui lui avait fait traverser les événements de son siècle avec une nonchalance altière.

Il croyait à la grâce comme Napoléon à son étoile.

Il parlait de sa baraka, prétendait n'avoir peur de rien.

Et par exemple : que c'était merveilleux de faire l'amour sous les bombardements à Londres pendant la guerre : « À chaque fois, tu comprends, on avait l'impression de s'aimer pour la dernière fois… »

J'ai adoré cette manière qu'il avait de prendre la vie.

J'y voyais une élégance un tant soit peu décalée, désenchantée parfois, mais fondamentalement poétique. Une façon d'être, auréolée par la culture surprenante d'une génération d'avant le petit écran, qui dévorait un livre par jour et dont l'esprit souvent pétillant se nourrissait de l'art et du plaisir de la conversation, de l'échange.

Les Anglais disent : « Et maintenant je vais vous raconter une histoire… » Nous, on se renvoie la balle, on rebondit d'une phrase à l'autre, on joue avec les mots, contrepèteries et calembours : « Je t'ai attendu comme l'avenue de Messine », plutôt que la venue du Messie, et puis, « glisser dans la piscine et la berge du ravin… »

Des ombres, bien sûr, il y en eut à ce tableau, des lâchetés petites ou grandes, des négligences coupables, des accents d'égoïsme…

Mais toujours une façon d'être, comme ça, mi-légère, mi-profonde.

Légère par profondeur ? Comme disait Nietzsche à propos de la civilisation grecque…

Et blagueur invétéré avec ça, sans oublier le frétillement de la vie : l'œil qui frise sur l'amour qui passe…

Enfin, un mélange de gouaille et de pudeur avec des élans ponctués de phrases du genre : « De deux chemins, il faut toujours choisir le plus élevé car c'est toujours le moins encombré », dixit le Général.

Ou encore, citant Nietzsche : « Plus on vole haut et plus on semble petit à ceux qui ne savent pas voler. »

Machinalement, comme un automate, je suis allé chercher le manuscrit de son poème, de longue date égaré mais que j'avais retrouvé à la cave dans la vieille valise déglinguée avec ses lanières de cuir, sous un fatras de lettres, de photos racornies, de passeports diplomatiques.

Ce n'était pas celui que lui avait dédié Robert Desnos, que j'appelais aussi son poème : « The Night of Loveless Nights », où il est question de :

La masse immense et pavoisée d'un paquebot géant…

Et qui, longtemps, m'a fait rêver.

Non, c'était celui de sa main. Une longue suite de vers en alexandrins ponctuée de césures à l'hémistiche : « Le Minotaure ».

Et je le lui ai lu à voix basse, de tout mon cœur, de toutes mes forces, comme d'autres auraient récité une prière.

Ce fut ma façon à moi de lui dire adieu, jusqu'à ces dernières lignes qui s'achèvent par :

Comme se fermera ta belle main qui jongle
Avec mes diamants qu'elle a rayés de l'ongle.

Et j'avais toujours sa main dans la mienne.

Il a respiré profondément, une fois, deux fois… Il luttait avec l'air.

Un léger râle encore. Et puis, il a expiré très lentement, très lentement.

Et son cœur a lâché.

Il s'est éteint ; il n'y a pas d'autres mots.

Mais il a tout entendu, j'en suis sûr.

Ensuite je lui ai fermé les yeux.

Et nous sommes restés comme ça, immobiles, dans un silence assourdissant mais curieusement serein, lui et moi, jusqu'à l'arrivée des gens dont c'est le métier de s'occuper des morts.

Quelques heures plus tôt, je gravitais dans un tout autre monde…

II

Mars 1980. Je m'étais jeté à corps perdu dans les sables de l'Égypte. J'avais vingt-neuf ans et portais en moi, comme un étendard, un flambeau, ces vers obsédants de Racine :

Je suis venu à vous sans savoir mon dessein :
Mon amour m'entraînait ; et je venais peut-être
Pour me trouver moi-même et pour me reconnaître.

À vrai dire, j'avançais sans savoir où j'allais, dans une liberté que rien ne me semblait pouvoir entraver mais, pour la première fois de ma vie, habité par une sensation étrange, un pressentiment aussi dérangeant que diffus.

Dès mon arrivée, j'avais marché la nuit entière dans les rues du Caire m'imprégnant de ce décor bouillonnant, humant le moindre souffle d'air, scrutant le moindre détail.

Et le matin suivant, dans le grand musée archéologique somptueusement décati où me dévisageaient les vestiges entassés de cette civilisation qui regarde le monde avec ses yeux de profil, je m'étais mis en tête de découvrir la part manquante de cette bouche en jaspe jaune devant laquelle j'étais resté fasciné.

Dans un espace à part, légèrement en retrait, tel un chef-d'œuvre en péril sorti du lot, elle est toujours prisonnière de sa cage de verre, contre le mur d'une vaste salle du Metropolitan Museum de New York.

Cette bouche, de la XVIIIe dynastie, celle de Tiyi, reine et déesse, femme d'Amenhotep III, si finement ourlée, aux lèvres opulentes, m'avait touché au point d'être naïvement persuadé de retrouver quelque part, ici dans son berceau, derrière un de ces rideaux de coton grège poussiéreux, dissimulant dans le clair-obscur un amas de fouilles éparses, l'autre fragment du visage de la déesse jaune…

Dix centimètres de pierre fine et polie dans un monceau de débris : son front, ses yeux peut-être, son regard…

Mais le seul regard, et celui-là ne me lâchait pas, me vint de l'angle le plus sombre ; celui implacable de Sekhmet, déesse de la guerre, instrument de la vengeance de Rê. Comme surpris subitement en flagrant délit de pillage et sachant que de sa gueule de lionne sortent les vents et de son arc des flèches enflammées, j'ai sagement fait demi-tour.

En réalité, j'étais porté par un désir impulsif de tout voir, de tout entreprendre.

Sautant d'un car à l'autre, le lendemain, je me retrouvai sur les bords de la mer Rouge.

Descente plein sud en longeant la côte jusqu'à ce gros rocher plat à vingt minutes au large qui, affleurant à peine, dégage un tapis d'écume blanche grâce auquel on le repère. Il abriterait la plus grande concentration au monde de poissons multicolores ainsi que le ballet des requins indolents dont on dit ici qu'ils sont les seuls êtres vivants à ne jamais dormir. La mer est si translucide et les rayons du soleil si ardents qu'ils pénètrent jusqu'à eux. Quarante mètres plus bas, on les voit sillonner inlassablement les eaux fraîches et l'on prie Mahomet de tout faire pour empêcher qu'ils ne remontent.

Bientôt, plus fort encore fut l'appel du désert.

Un guide de charme rencontré à la terrasse d'un hôtel du Caire, Lily la délicieuse avec son accent mi-égyptien mi-libanais qui roucoule, m'emmène aux portes de Guizeh jusqu'à la barque funéraire de Khéops. Des archéologues allemands viennent de la remonter à la surface. Elle est tout de bois, intacte, miraculeusement préservée depuis plus de quatre mille ans, avec ses trente mètres de long, et désormais dans un hangar de tôles ondulées dont Lily possède une des très rares clefs et où la chaleur est accablante.

D'autres barques, trésors invisibles mais parfaitement localisés, reposent encore sous les sables. Depuis des lustres, pour les en sortir, on attend que les budgets votés soient enfin débloqués...

« Et maintenant, puisque tu aimes la solitude... »

Elle m'installe dans une des trois petites maisons réservées aux apparatchiks du régime qui, alignées dans le sable à quelques centaines de mètres à l'ouest, font face aux grandes pyramides.

Elle me plante là. Du pain, de l'eau, des dattes, quelques grappes de raisin...

Sa délicatesse ne m'a prévenu de rien. C'est la surprise des surprises. Je me laisse faire sans poser de question mais je mesure, tout à coup, ma chance dans cette faveur qu'elle me fait... Sourire discret, elle disparaît dans sa Peugeot brinquebalante soulevant derrière elle un nuage de poussière.

Mon seul voisin, à un kilomètre à vol d'oiseau, est le « Mena House », ce grand hôtel qui abrita jadis un fameux QG gaulliste où mon père, faisant route vers Londres en provenance de Singapour, fit escale pendant la guerre.

Pour l'heure, je suis dans une autre histoire.

La nuit s'installe sur cette masse triangulaire immense en face de moi, forme parfaite presque insolente qui nulle part n'existe dans la nature et se découpe encore au crépuscule, sur un ciel limpide.

Khéops est mon seul horizon, mon seul but aussi…

Plus un charmeur de serpents, plus un vendeur d'amulettes, de cartes postales, de cacahuètes ou de sodas, plus un garde, plus un dromadaire…

Il n'y a plus âme qui vive. Juste cette présence inouïe, cinq fois millénaire.

Elle est là, immobile sous les étoiles qui commencent à percer la voûte céleste, à l'envahir.

Me voulant le plus vierge possible face à cette vision qui me dépasse, à portée de ma main, je deviens partie intégrante du « corps de la terre » qu'évoque le cousin Satprem dans son livre *Le Sanyàsin*, lorsque, après avoir brûlé tous ses effets, il part en mendiant sur les routes de l'Inde. Personnage unique et déterminant dans ma vie qui reviendra dans ce récit…

Comme le sable entre mes doigts, je laisse filer le temps. De haut en bas, je sens vibrer mes cellules, j'attends un signe du destin.

Un lever de lune, c'est peut-être ça : un petit quartier en forme de D, donc croissant, qui jette une lumière nouvelle sur les blocs de pierre que je commence à gravir lentement. Il faut bander ses muscles et se hisser. Il y en a des milliers jusqu'au sommet, une infinité que je discerne de moins en moins, tant je suis collé à la pierre.

Après tant de siècles de recherches, aucune hypothèse, même la plus savante, n'a jamais réussi à élucider le mystère de cette construction édifiée en tout juste vingt ans, la durée de vie du pharaon.

Vingt ans pile, puisqu'on attendait toujours sa naissance avant de commencer à édifier sa dernière demeure…

Il eût fallu transporter, tailler, hisser et faire poser, au centimètre près, par des milliers d'esclaves, un bloc de pierre de plusieurs centaines de kilos toutes les minutes, en travaillant vingt-quatre heures sur vingt-quatre !

Or cette ultime théorie défie toute logique apparente…

En attendant, ils sont diablement hauts, ces fichus blocs, plus d'un mètre à la base. Ils sont rêches, hostiles, bien qu'ils soient encore chauds des rayons du soleil tandis que la fraîcheur du soir dans mon dos monte et gagne.

Comme un reptile je me love et les prends dans mes mains. Ce monstre millénaire et sacré, je l'enveloppe de mon corps. Il m'écorche, me blesse, quelques traces de sang mais peu me chaut, je ne sens plus rien.

Je suis un animal minéral, une pierre en forme de lézard, une pierre assouplie qui se tend et se détend en épousant la forme. Je ne me retourne plus, je n'envisage que le sommet. Cette ascension est devenue une épreuve initiatique. C'est *Le Mont Analogue* de Daumal et des rêves de mon adolescence.

La pointe de Khéops est un plateau.

Un carré de cinq à dix mètres de côté. Je rampe encore, m'étale de tout mon long, les bras en croix et je l'embrasse.

Je l'embrasse tant que j'ai la bouche pleine de poussière, de petits cailloux, mais ici la poussière, le sable et la pierre ne font qu'un.

Je me relève, tout ébaubi, les bras ballants, et je les monte au ciel. Je tourne en rond à n'en plus finir, comme un derviche porté et emporté par son mouvement, jusqu'à tomber d'inanition, d'épuisement.

C'est ma plus haute nuit… Et bientôt les premières lueurs de l'aube…

Je reviens à moi et là, sans réfléchir, sur ce plateau dominant l'horizon sans limites où rien ne bouge dans le silence, je marmonne puis hurle en chapelet, ce vieux mantra indien qui remonte du fond des âges :

> *ÔM NAMO BAGHAVATE*
> *ÔM est le son premier de l'univers, la vibration initiale, le chuchotement du silence, disent les bouddhistes…*
> *NAMO est le fait de rendre hommage qui va jusqu'à la prosternation.*
> *BAGHAVATE veut dire le bienheureux, le sacré, le divin.*

Cet attrait du désert est lancinant, profond. Il envoûte et ne lâche plus. Il submerge comme une vague mais ce sont des dunes qui s'enchaînent à l'infini et jamais ne se brisent.

« La mer, la mer, toujours recommencée… » de Valéry.

On en est loin, très loin mais, c'est plus fort que moi, je suis repris par la Bretagne de mon enfance.

Le vent s'est levé, la houle se fait forte. On réduit la voilure, un ris, deux ris, cap sur le port. Harassé, trempé jusqu'aux os, on est à bout, on se dit : « Plus jamais ça, y en a marre. » En rentrant, on s'affale sur un lit, puis c'est la douche, la terrasse du bistrot, une douzaine d'huîtres, un verre de muscadet ou plutôt deux…

On lève à nouveau les yeux sur le large et, soudain, une envie irrépressible : y retourner à tout prix, coûte que coûte !

Face au désert, c'est du pareil au même, incroyable mais vrai. Chaleur harassante, ce maudit soleil et le sable qui s'infiltre partout dans les cheveux, les yeux, les oreilles et la bouche. Alors on se frotte, on se débarbouille comme on peut, on avale un grand verre d'eau ou de karkadé. On se pose, on s'étire, on scrute l'horizon et on ne pense plus qu'à repartir à l'assaut de cette autre immensité, pour s'y noyer encore…

Gournah, havre de paix. Dans sa masure en torchis, balayée de chaux brune, le cheik Ali accueille les voyageurs les plus hasardeux, les moins fortunés. Une adresse jalousement gardée par quelques exaltés de mon genre qui dorment dans trois mètres carrés sur une natte au sol. Une table, une chaise pour écrire ou rêver, des lézards sur les murs, une petite fenêtre carrée donnant au loin sur la vallée des Rois, des Reines, des Nobles et au loin plus encore, sur Der el-Bahari, le temple d'Hatchepsout…

De l'autre côté, vers l'orient, à une distance bénie qui nous préserve, sur la rive est du Nil qui abritait jadis la ville des vivants, c'est Louxor la bondée, où s'entasse la foule bigarrée des touristes sur des paquebots qui, inlassablement, comme les requins de la mer Rouge, remontent et descendent le fleuve.

Dans notre oasis à nous, il n'y a que des ânes, des dattes, des oranges, quelques palmiers, des pots de lauriers défraîchis, un rose, deux blancs et, au-delà des champs verts plantés de blé encore en herbe et d'arachides, la silhouette des Colosses de Memnon.

Trônant, mais discrètement comme un sage, le cheik Ali, qui préside aux destinées de ce lieu, ne sourit qu'aux habitués et il faut du temps pour l'amadouer. C'est dans l'ordre des choses et, sans qu'elles soient dites, chacun l'a compris, en a pris son parti.

Trapu, sec, sans âge, sa grosse moustache blanche et son turban tout aussi blanc contrastent fortement avec sa peau sombre et tannée, son regard incisif et noir. Il est aimé, craint, respecté. Il se tient droit comme la justice qu'en vieux sage il rend dans son village. Il est fier comme Artaban, c'est un seigneur…

Tous les matins au lever du jour, vers six heures, je pars en short, ma chemise roulée autour de la taille dans laquelle j'ai fourré deux ou trois oranges : mon déjeuner. Dans ma poche, mon couteau fétiche, mon arme blanche, mon Opinel pour les éplucher. Après avoir contourné la montagne de Thèbes, je marche en droite ligne vers l'ouest, par-delà les tombes :

Parle tout bas si c'est d'amour au bord des tombes.

Le bel alexandrin de Paul-Jean Toulet.

Le soleil au zénith, je m'assieds sur une pierre, je croque, j'aspire, je bois mes oranges puis je fais demi-tour, revenant sur mes traces ; le soleil sur mon dos, chemin faisant, allonge mon ombre sur le sable.

Pendant quinze jours je me suis astreint à cette discipline pour moi seul délicieuse. Sven, un solide Danois à la peau de Viking, a voulu me suivre mais la brûlure du soleil a vite eu raison de son ardeur.

Moi, je bénissais Osiris, la peau mate est ma chance. Sensation très jouissive de faire corps à nouveau avec la terre et sentiment de ressembler de plus en plus à ces paysans de Nubie qui à une cadence infernale érigèrent les pyramides.

Le soir, avant et après le dîner qui se déroulait maintenant sous l'œil attentif de notre cheik devenu protecteur, je griffonnais sur un de ces carnets noirs à élastique et tranche violette, à l'origine destinés aux artisans, que l'on trouve encore dans une papeterie du passage Choiseul à Paris, des pensées post-adolescentes plus fougueuses que profondes. Quelques traces en tout cas de ce désir compulsif de me mettre à l'épreuve, pour aller plus loin, n'importe où, sans chercher à comprendre mais hanté que j'étais par ce vers de Racine qui continuait de tourner dans ma tête :

Pour me trouver moi-même et pour me reconnaître.

Et puis, ces phrases, ces imprécations, ces délires jetés sur le papier comme une sève intime, étaient trop intenses, me disais-je, pour n'avoir aucun sens. Je caressais l'idée de les soumettre un jour au regard de l'autre, à mon père en l'occurrence, à qui je dois l'amour des mots.

Depuis, j'ai cherché ce petit carnet, en vain.

Je l'imagine ayant glissé de ma poche, enfoui pour toujours par une bourrasque de vent : une bouteille à la mer… de sable.

Mais je me souviens de ce récit à la lumière d'une torche vacillante, entrecoupé par des bouffées de narguilé, que j'avais consciencieusement noté, ce soir-là, à l'heure exquise où l'on prend l'air et le temps…

Assis sur sa banquette de moleskine rouge sombre, posée dehors contre le mur de sa maison, après avoir renoué son turban de coton et replié sa jambe gauche sur la droite, cheik Ali nous a dit : « Mon pays est le plus vieux pays du monde. C'est aussi le plus beau. Comme notre fleuve, il est sacré sous les étoiles. Il écrit l'histoire dans la nuit des temps. Inch Allah… »

Marquant une pause, comme pour vérifier la qualité de notre écoute, il a poursuivi : « Aujourd'hui est la date anniversaire du Wafa. »

Depuis des siècles, un cheik assermenté était le gardien de la colonne graduée servant à mesurer les crues du Nil.

À cette époque de l'année, les eaux atteignaient leur hauteur maximale.

En proclamant le Wafa, il annonçait au peuple rassemblé autour de lui, des centaines, des milliers de personnes, que le niveau du fleuve autorisait désormais l'irrigation des hautes terres.

Alors la foule se déplaçait vers la digue qu'elle avait construite l'année précédente en guise de barrage. Et la digue, en grand cérémonial, à l'heure dite, selon la courbe du soleil, était rompue. Les eaux libérées se répandaient partout à la vitesse d'un cheval au galop. Le peuple en liesse poussait des cris de joie. La fête commençait qui allait se poursuivre jusqu'à l'aube. Tous se précipitaient sur les rives et s'aspergeaient comme des enfants. Les femmes des harems et les fellahs étaient embarqués sur des felouques festonnées de chandelles.

Puis venait le moment sacrificiel. Au plus fort du tumulte des eaux, on jetait en offrande un mannequin de terre séchée costumé en femme, souvenir d'une coutume très ancienne où l'on immolait une vierge à la déesse du fleuve…

Une vierge qu'on appelait : *la fiancée du Nil.*

La nuit tombe vite sur Abou-Simbel.

J'avais mis le cap au sud grâce à une estafette du cheik Ali bourrée de moutons destinés à un membre de sa famille. Plus de place à l'avant, voyage cahoteux au milieu des ovins bêlants.

La rumeur du village glissant sur la courbe des dunes grimpe jusqu'au sommet du temple ressuscité des eaux. Et ma solitude me comble.

Il n'y a que le ciel imperturbable : Orion, les Pléiades, Cassiopée…

Le lac Nasser s'étend devant moi, linceul noir de la Nubie, sans une ride, à perte de vue dans le crépuscule et, de l'autre côté, le désert, plus vaste encore et désolé, depuis la mer Rouge jusqu'à Nouakchott, jusqu'à Mogador ou presque.

L'air se raréfie, ce petit courant d'air chaud comme un souffle de vie.

Une volée d'oiseaux, des hirondelles, le souffle de leurs ailes.

Puis le silence. Puis la rumeur du village qui remonte.

Et le silence à nouveau.

Une ultime hirondelle en rase-mottes, elle disparaît, c'est tout.

Sur ma gauche en contrebas, une apparition aussi improbable que désormais fameuse : un barrage gigantesque arpenté de militaires, mitraillette au poing et cartouches en bandoulière.

Ce sont les gardiens du lac Nasser.

Et l'on se croirait dans un plan panoramique de reconnaissance avant l'attaque, digne d'un vieux *James Bond.*

En amont de quelques kilomètres, Abou-Simbel est la sentinelle de la Haute-Égypte. Le lac baigne ses pieds et le Nil aux mille temples remonte au loin jusqu'aux confins du Burundi.

J'ai décidé de me poser là quelque temps, imaginant qu'une fois les hordes rapatriées vers Assouan par les tour-opérateurs à la tombée du jour, la magie du lieu reprendrait ses droits. Le moment est magique sur ce temple de Ramsès II où j'ai grimpé comme une chèvre. De fait, il y en a deux, côte à côte, démontés pierre par pierre durant la construction du barrage et réédifiés vingt mètres plus haut, à l'abri du niveau présumé de ce qui allait devenir un lac vaste comme un océan.

Je tente à nouveau de faire le vide, le silence encore comme ultime remède pour préserver l'essentiel. Je sais ma naïveté mais c'est plus fort que moi.

On dit que la nuit porte conseil. Celle qui vient amorcera un tournant aussi naturel que fatidique. En attendant, la vie courante s'agite et m'envahit.

Dans le petit hôtel dont je suis l'unique convive, je me suis affalé sur un pouf de cuir rouge crevassé, devant un plateau de cuivre martelé, ciselé comme dans le restaurant de la vieille mosquée de Paris, où je picore raisins secs et pois chiches. Et la servante est accorte.

Une jeune fille espiègle, évanescente, une jeune fille enfin, se livre à un ballet. Elle chantonne d'un air faussement décontracté, m'effleurant de son voile en m'apportant ses plats.

Je pense à Charles Cros :

Elle avait une voix étrange,
Musicale, de fée ou d'ange.
Des yeux verts sous leur noire frange…

Puis, sur la pointe des pieds, comme elle m'était apparue, la belle a disparu sans crier gare. Comme un mirage.

Quelques pas sous les étoiles, pour me laver la tête…

Et je monte dans ma chambre. Toutes lumières éteintes, le calme autour de moi devient oppressant, le silence, total.

Ce pressentiment que j'ai eu à mon arrivée au Caire, me revient à toute force.

Il ne me lâche plus, va s'amplifiant. C'est le calme avant la tempête !

Je tourne en rond pendant des heures. Impossible de trouver le sommeil.

Je tombe d'épuisement, m'endors enfin, ouvre les yeux, m'endors encore, me réveille, une fois, dix fois…

Ça y est, le jour se lève. Quelques minutes de somnolence à nouveau.

Et, cette fois, réveil en sursaut et en nage, submergé par l'émotion comme par une vague déferlante.

J'ai la tête en ébullition, moi qui me souviens si peu de mes rêves.

Une image m'est apparue d'abord trouble puis de plus en plus nette. C'est le visage de mon père. C'est lui. C'est bien lui.

Il me réclame. Il est là-bas, dans sa chambre, dans son lit, à Paris. Il m'appelle. Il a besoin de moi.

Il est au bout de sa course !

Et j'entends comme un râle étouffé mais persistant.

D'un avion à l'autre : Assouan, Louxor, Le Caire, Paris…

Et j'y suis. Chez lui. Chez nous.

Les clefs sont au fond de mon sac. La porte glisse en silence, je fais de même tandis que sur le balcon en entrant à droite, un oiseau vient de se poser.

L'appartement de l'avenue de l'Observatoire qui donne sur le jardin du couvent de la Visitation est toujours aussi lumineux en cette fin de journée printanière où les sœurs en collerette se promènent deux par deux, jouent à la balle et se balancent, car elles ont une balançoire.

On dirait *Les Fêtes galantes* de Verlaine à moins que ce ne soit Fragonard, ou Watteau…

Sur la table basse du salon, des fleurs fatiguées dans un vase, des pivoines rose pâle et blanches dont quelques pétales sont tombés. Contre la fenêtre, le grand Shiva dansant sur un gnome qui symbolise le mal, posés dans un coin, deux bois de chars indiens aux chevaux cabrés, et puis les chandeliers mexicains et autres objets de mon enfance. Et tous les livres et les tableaux de toujours : la grande nature morte de Derain presque fauve…

Des rais de lumière jusqu'à la cuisine strient la moquette de couleur corail, elle aussi fatiguée. Rien n'a bougé.

J'avance vers sa chambre au bout du couloir. Il m'a entendu arriver.

Il s'est raclé la gorge comme pour me dire…

Il est là, allongé, calme, pour la première fois peut-être, résigné.

La gentille dame qui s'occupe de lui est repartie. Et ma mère se trouve dans les montagnes du sud de l'Inde auprès de Satprem, le fameux cousin autrefois bras droit de mon père dans l'administration coloniale…

« Te voilà ! »

J'ai cru entendre : « Enfin toi ! »

J'ai posé ma main sur son front humide.

Il a esquissé un demi-sourire :

« Tu sais, j'ai bien vécu. J'ai aimé tout ce que j'ai pu et bien rigolé aussi… »

J'ai souri légèrement à mon tour et lui ai donné à boire en lui tenant la tête.

Il a trouvé la force de me poser quelques questions. Lancé dans le récit de mes histoires, j'ai senti cette chose merveilleuse qui est tout simplement l'approbation d'un père.

On s'est dit beaucoup en peu de mots. Et l'on s'est regardés au fond des yeux.

Il a dû voir poindre des larmes dans les miens.

La lumière est tombée peu à peu, les oiseaux du printemps s'étaient tus.

Puis, quand il me l'a demandé, je l'ai laissé à lui-même.

Je suis allé m'allonger tout vêtu dans la chambre voisine, celle qui donne sur le jardin des bonnes sœurs et je n'ai pas le souvenir d'avoir fermé l'œil cette nuit-là.

Le lendemain à l'aube, j'étais à son chevet et c'est à ce moment-là qu'il est mort dans mes bras. Ce moment-là où je lui ai lu « Le Minotaure », son poème échevelé…

En guise de prière.

III

La disparition de mon père m'a plongé longtemps dans une sorte de mélancolie contemplative. Je vagabondais dans ma tête : à la dernière page des *Mémoires d'outre-tombe*, Chateaubriand regarde par la fenêtre de sa chambre, dans son hôtel particulier de la rue du Bac qui donne aussi sur le jardin d'un couvent, celui des Missions étrangères. Il est six heures du matin, il sent sa fin venir :

> *On dirait que l'ancien monde finit et que le nouveau commence. Je vois les reflets d'une aurore dont je ne verrai pas se lever le soleil.*

Absent, entre deux eaux, j'étais juste perdu dans mes rêves, tout désir m'ayant abandonné. Contrairement à ceux qui, réflexe bien légitime, préfèrent se noyer dans l'agitation du monde, j'ai choisi de m'isoler pour trouver un remède, une issue, une échappatoire à ma pénombre.

Et c'est dans la Bretagne de mon enfance, à Belle-Île, que je me suis échappé, dans cet hôtel désolé de l'Apothicairerie, sur la côte sauvage, que tenaient deux vieilles sœurs hautes comme trois pommes, en bigouden.

Aujourd'hui rasé, il est immortalisé par une scène inattendue d'un film de Wim Wenders.

Tous les jours, elles me servaient des maquereaux ou du crabe, parfois une araignée qu'un cousin pêcheur remontait de ses casiers. Un bar, c'était la fête, le riz au lait longtemps tourné à la cuillère en bois et leur far aux pruneaux, mes délices.

Du matin au soir, je marchais contre le vent, sur la lande, dans les bruyères en regardant la mer. Balayés par les rafales, les nuages lacéraient le ciel à une allure vertigineuse. Vacarme des vagues brisées sur les rochers, cris perçants et déchirants des mouettes. Je me débattais dans une solitude qui avait pris des allures dionysiaques mais j'avais retrouvé le berceau mythique de ma famille paternelle, et ce vers de Baudelaire se penchant, lui aussi, sur son passé :

Le vert paradis des amours enfantines.

Et je repensais à ce voyage extravagant de mon enfance…

IV

« Envoie-moi Jean-Marie qui partira avec petit-fils Morisset. Stop. Te fais parvenir… signé : François. »

Branle-bas de combat dans la famille. Ce télégramme, reçu par ma mère à Noël 1961, déclencha un véritable séisme auquel je ne comprenais rien.

Je venais d'avoir dix ans…

Si la connaissance de l'Orient hante chacun de nous, j'étais bien trop jeune pour ce genre de considération. À cette époque lointaine, je savais juste qu'aucun ami de mon âge n'avait encore pris l'avion. Le ciel me tombait sur la tête. Voilà tout.

Quelques jours plus tard, encore fiévreux d'avoir été piqué contre la variole et le choléra, j'étais à Orly dans un quadrimoteur d'Air France en partance pour Le Caire. Et puis, Bombay, Madras et Pondichéry où mon père, qui en fut le dernier Gouverneur, était retourné pour la première fois depuis la restitution des Comptoirs finalement entérinée sous Mendès France en 1954, malgré la chanson célèbre de Juliette Gréco : « Non, nous n'abandonnerons pas les comptoirs de l'Inde… »

Comme un paquet ou un enfant prodigue, on m'envoyait à l'autre bout du monde pour une raison assurément impérieuse…

L'avion s'apprête à décoller, je boucle ma ceinture, colle ma tête sur le hublot tandis que la piste sous nos pieds file à une vitesse grandissante. Au loin déjà, la famille rassemblée, émue aux larmes, agite des mouchoirs sur la terrasse de l'aéroport depuis belle lurette disparue, en faisant de grands gestes, que je discerne de moins en moins mais imagine.

Michel et moi, mon nouveau compagnon de fortune, on se tient le bras, se serre les coudes pour affronter notre grande aventure. On n'en mène pas large, on masque nos larmes nous aussi.

Jusqu'au Caire, tout va pour le mieux, choyés que nous sommes par les hôtesses et bercés par le vacarme des moteurs à hélices. On s'endort l'un sur l'autre.

À l'atterrissage, on nous débarque dans une salle d'attente vert pomme et blanche, où, entassés sur des banquettes, l'on poirote de longues heures sous des néons blafards avant de redécoller.

Le haut-parleur grésille mais cette fois, ça y est, direction l'Inde…

En pleine nuit, au-dessus de l'océan, nos yeux se ferment à nouveau.

Tout à coup, réveil en sursaut. Notre carlingue craque comme un pin brûlant. Elle se met à faire des bonds : trous d'air à répétition, tonnerre, éclairs et tempête. On suit la consigne, on place sous notre bouche les petits sacs de papier plastifié destinés à recevoir le dîner qu'on vient d'avaler. Et puis, stupeur, on se colle au hublot. L'un des deux moteurs de l'aile gauche a pris feu, la recouvrant d'une épaisse fumée noire lardée de lames rouges. Décision immédiate, le pilote a pris son micro ; il nous faut faire demi-tour.

Une hôtesse se précipite vers nous, nous rassure, nous cajole : ce n'est pas grave, on va réparer, tout ira bien. C'est l'affaire d'un ou deux jours tout au plus. Nos parents seront prévenus par message radio, nous assure-t-on.

Retour au Caire donc où nous sommes bouclés dans une chambre d'hôtel avec un fellah égyptien qui dort à même le sol en travers de notre porte, enveloppé dans son pagne : c'est notre ange gardien, paraît-il.

On tourne en rond, n'osant pas sortir. Les heures qui passent n'en finissent plus et puis enfin…

Nouvel envol vers Bombay et dernière étape…

De Bombay à Madras dans un bimoteur, cette fois d'Indian Airlines, le seul vol de la semaine sur cette ligne, qui au bout de cinq heures se pose en zigzag sur l'étroite piste bordée de terrains vagues où cavalent des lapins, en zigzag eux aussi, et où paissent quelques vaches éparses et sacrées dans une totale indifférence.

Nous y sommes. Il faut bouger. Je m'arrache à mon hublot. Sur le tarmac, quatre hommes poussent une passerelle mobile jusqu'à la carlingue.

Ils ont la peau noire, le torse nu, des pagnes sur les hanches, des turbans autour de la tête et ils trottinent vers nous, pieds nus. Les voyageurs sont déjà debout dans l'allée centrale avec leurs baluchons, mais on nous fait passer devant. Encore une minute de patience, on se dégourdit les jambes. Et puis…

La porte avant coulisse sur sa glissière.

Une grande bouffée d'air torride nous envahit.

L'Inde dont j'avais contemplé longuement les images dans le livre illustré qu'on m'a donné avant de partir, celle dont on m'a parlé comme d'un paradis perdu avec ses éléphants festonnés, bariolés, la grande Inde mythique est à nos pieds.

Et eux, ils sont là, aux pieds de la passerelle.

Mon père est tiré à quatre épingles en costume blanc cassé et panama et la mère de Michel, impressionnante avec son port altier de danseuse, son chignon bien tiré en arrière et sa robe moulante un peu désuète. Ils nous attendent sur le tapis rouge des VIP avec des colliers de jasmin piqués de roses…

Larges sourires, grosse émotion, ils nous ouvrent les bras et nous entourent le cou de leurs fleurs selon l'usage de bienvenue.

Honneur insigne : gardée par deux policiers en képi rouge, la grosse carlingue noire à quatre phares de la Humber surgit comme une apparition derrière l'enchevêtrement des vélos et pousse-pousse de tout poil. Voiture hallucinante donnée jadis par un maharadja dévot à Sri Aurobindo dont j'allais découvrir qu'il était l'un des grands penseurs de l'Inde moderne… On nous y enfourne après avoir traversé les grappes humaines agglutinées derrière les baies vitrées, qui sont venues voir et essayent de toucher les petits Blancs que nous sommes…

La route qui longe la côte jusqu'à Pondichéry est longue, parsemée de nids-de-poule, la chaleur humide écrasante. Les cocoteraies succèdent aux rizières… Les odeurs entêtantes, les couleurs ravivées par la mousson récente se chevauchent dans ma tête et s'embrouillent.

Un long ruban indistinct avec des rais de lumière entrecoupés par l'écran noir de mes paupières qui tombent, s'amenuise jusqu'à disparaître. Dernière image : les plantations de filaos qui se perdent dans les dunes jusqu'à l'océan.

Je m'endors, la tête posée sur les genoux paternels, enfin bercé d'insouciance, et me réveille à bon port, comme dans un rêve.

Ce voyage est fini, un autre voyage commence…

Nous sommes à l'Hôtel de l'Europe où Monsieur Magry, le patron franco-pondichérien en bermuda, socquettes et chaussures cloutées, me tend un sirop de fleurs d'hibiscus…

Monsieur Magry, que je vais apprendre à connaître, est une figure ici, qui trône en son hôtel. Tout le jour, il se promène de long en large sur la véranda en distribuant des ordres secs : lave la voiture, balaye par terre, arrose, coupe, va me chercher… Il promène aussi son regard désabusé et hautain, pour tout dire méprisant, sur ses congénères tamouls qu'il traite volontiers d'analphabètes ; lui le métis superbe qui ne se remettra jamais du départ des Français.

Monsieur Magry, comme on l'appelle avec respect, aime à évoquer les délices de ses années parisiennes ; le raffinement exquis des parures féminines, l'ordonnance impeccable des avenues haussmanniennes, son émotion au moment de gravir pour la première fois le grand escalier de l'Opéra-Garnier… tout ce qui, somme toute, selon lui, fait la différence entre civilisation et barbarie…

Et lorsqu'il se lance avec mon père dans une discussion endiablée, c'est avec une émotion vibrante qu'il évoque les fastes de son enfance dans l'Indochine « de la bonne époque ».

Pour se remettre de l'évolution des choses, en fin d'après-midi avec une régularité d'horloge – à l'heure où les éléphants vont boire –, il sort dans sa superbe auto : l'une des deux tractions Citroën survivantes, qu'un « coolie » à sa solde n'en finit pas d'astiquer.

Et il sillonne les artères de la ville qui se coupent à angle droit : rue Dumas, rue Suffren, rue Romain-Rolland… Il pousse jusqu'à l'Alliance française et au bout du cours Chabrol, jusqu'au garage de Colombani, le Corse célèbre de la ville qui fabriquait son pastis en cachette, dont on disait qu'il avait quitté Shanghai en catastrophe en embarquant la caisse du Casino.

Et de l'autre côté, jusqu'au Palais du Gouverneur et l'Institut français d'Indologie, petits joyaux du XVIIIe : « À cette époque, on savait construire », disait-il.

Et puis surtout, il klaxonne à l'entrée de chaque croisement, et avant et après et tout le temps. C'est plus fort que lui, il adore klaxonner…

Se faire entendre, pour se faire voir…

J'ai fini par bien l'aimer car il était le seul dans ce coin du monde à savoir concocter des glaces et des sorbets avec des fraises transportées comme le Saint-Sacrement depuis les montagnes de Kodaikanal, là-bas, à mi-chemin du Kerala. Une recette admirable apprise dans le Nice d'avant-guerre, du temps où il était commis dans les cuisines de l'hôtel Negresco…

En ce début des années soixante, Pondichéry est un havre de paix où, formant un étrange ballet, de grandes personnes se penchent sur moi, tour à tour, avec des sourires bienveillants. Elles s'enquièrent de mon bien-être avec cette douceur indienne ineffable que je n'ai retrouvée sous aucune latitude. Je suis plus intimidé que jamais et j'observe mon père qui, en la circonstance, a revêtu, au propre comme au figuré, les habits du Gouverneur et retrouvé la prestance qui s'y attache.

C'est avec lui, qui fait l'objet de toutes les révérences, que je vais découvrir ce qui dans la réalité, dans son imaginaire et bientôt dans le mien, occupe une grande part de sa vie.

Devant le perron de l'hôtel, une voiture nous attend. C'est une vieille Ambassador rutilante dont les portes nous sont ouvertes par le chauffeur et le groom de l'hôtel.

Tissus beiges sur les sièges et coussins, autour du rétroviseur des fleurs de jasmin tressées retombent sur la photo couplée des deux maîtres spirituels de la ville : Sri Aurobindo et sa compagne, la Mère.

Derrière le volant, en face de lui, le chauffeur a aussi encadré une image polychrome de Ganesh, le dieu à tête d'éléphant, porte-bonheur éminemment sympathique, fils de Shiva et de Parvati.

Nous sommes triplement protégés !

Et c'est à l'ashram de Sri Aurobindo que nous avons rendez-vous, rue de la Marine…

À cette époque et à cette heure de l'après-midi, il n'y a pas d'autre voiture que la nôtre. Ni à toutes les autres heures du jour et de la nuit d'ailleurs, à l'exception de celle, fameuse, de Monsieur Magry.

Quelques rickshaws ou pousse-pousse qui ont fini leur sieste ramènent en trottinant pieds nus, comme dans le Shanghai de Tintin, les enfants qui sortent de l'école. Ils s'intercalent dans la foule des vélos que leur masse ralentit.

Des vagues superposées de bougainvilliers roses, rouges, violets et blancs recouvrent les balcons à encorbellements des maisons et hôtels particuliers entre cours et jardins du XVIIIe dont les reprises à la chaux forment des stries asymétriques où se dessine un fabuleux bestiaire.

La nature exubérante auréole de grandes portes cochères, des églises de style jésuite et d'autres plus baroques aux couleurs vives.

Dumas, La Bourdonnais, Bussy, La Barre de Nanteuil, Law de Lauriston ont donné leur nom aux rues tirées au cordeau, parallèles et perpendiculaires.

C'est la ville la plus française qui soit dans un cadre aussi indien que possible.

Nous passons la grande place dont les jardins en carré s'ordonnent autour d'un arc de triomphe d'un blanc immaculé. Il y reste quelques rares vestiges du fort Saint-Louis qui l'occupait, témoin de trois siècles d'une histoire héroïque au cours de laquelle Pondichéry fut une cité opulente, belliqueuse, envahie, ruinée et trois fois renaissante.

Le Palais du Gouverneur où flotte désormais le drapeau indien, d'une blancheur immaculée lui aussi, avec sa colonnade qui n'en finit pas, donne sur le jardin qui serait le prolongement du sien s'il n'était clos par une haute grille en fer forgé, protégée par deux anciens cipayes en armes et képis rouges, qui alternativement somnolent dans leur guérite tricolore ou font les cent pas. Et deux imposants canons inoffensifs dévisagent les passants.

À gauche, dans son style hispano-mauresque, c'était la Banque de l'Indochine et la Chambre de Commerce. À droite, deux hôtels XVIIIe eux aussi, autrefois bureaux de la Compagnie des Indes…

Nous contournons le Palais, arrivons dans le quartier de l'ashram, reconnaissable à ses bâtiments gris perle qui occupent à eux seuls un quart de la ville dite blanche où vivaient les colons et que délimite à l'ouest un canal au-delà duquel commence, bien plus grouillante, la ville noire ou indigène…

Nous sommes attendus, semble-t-il.

Devant l'entrée principale, sur le trottoir, dominant un petit groupe, autour de lui, de visiteurs bengalis, se détache un personnage filiforme, plus haut et imposant que les autres.

C'est Pavitra. C'est avec lui que nous avons rendez-vous.

Hormis les lunettes rondes cerclées de fines montures d'acier, il ressemble à s'y méprendre, dans sa rigueur hiératique, à ce paysan avec sa fille de ce tableau américain iconique de Grant Wood. Plus austère encore, à l'époux Arnolfini du non moins célèbre tableau de Van Eyck.

Les mains se joignent sur la poitrine en guise de salutations distinguées et nous pénétrons dans le saint des saints.

Je marche dans les pas de mon père parmi les fleurs et leurs parfums innombrables : roses, hibiscus, tubéreuses, œillets d'Inde… qui bordent le chemin jusqu'à la cour centrale dominée par un grand flamboyant sur les branches duquel galopent des écureuils…

Dans la cour de l'ashram de Pondichéry, le Gouverneur suivi de Pavitra (à droite).

Je suis toujours mon père qui grimpe un perron menant à un petit bureau où nous ne sommes plus que tous les trois : Pavitra, lui et moi. Les retrouvailles dans cette intimité sont plus chaleureuses, cette fois. Les deux hommes se tiennent un long moment par les avant-bras. On nous apporte bientôt du thé et, pour moi, un sirop rouge et frais de fleurs d'hibiscus aussi bon que celui de Monsieur Magry.

Les deux hommes se connaissent de longue date et s'apprécient visiblement. Mon père, lorsqu'il habitait le Palais non loin, avait coutume de rendre visite au vieux sage dont il admirait la droiture et le chemin parcouru. De sa vie, il savait l'essentiel mais, ce jour-là, il lui demanda de nous la raconter, pensant que j'y pourrais trouver un enseignement ou, plus simplement, une ouverture d'esprit.

Bon an mal an, j'ai retrouvé ses mots et pu reconstituer cet itinéraire qui, à l'époque, m'avait ébloui : Pavitra, qui signifie « le Pur » en sanscrit, s'appelait Philippe Barbier Saint-Hilaire dans une première vie dont il avait tourné la page.

Il est né dans une famille de grands bourgeois catholiques du Paris de la fin du XIXe siècle. Comme son père et son grand-père, il prépare l'École polytechnique où il entre avec brio tandis que la première guerre mondiale éclate. Il a tout juste vingt ans, c'est un élève d'un sérieux imperturbable. Mais c'est aussi l'époque où la vogue de l'ésotérisme commence à pénétrer la pensée de l'Occident.

Le jeune Philippe entend parler d'occultisme et de cercles spirites. Victor Hugo avait déjà fait tourner des guéridons pour communiquer avec les morts…

Il a tout juste le temps de s'y intéresser et lorsque, en 1914, il part au front, il est déjà théosophe. Ce mouvement théosophique, qui, puisant ces sources dans les premiers siècles de la mystique chrétienne, évoluera vers un syncrétisme qui entend englober les traditions les plus anciennes de l'Orient ; ce qui d'après René Guénon, exégète en la matière, reste sujet à caution.

C'est la guerre des tranchées, la guerre stupide aux attentes interminables dans une froidure jonchée de cadavres. Il est officier d'artillerie et patauge comme les autres dans la boue.

Quand plus tard, officier de renseignements auprès de l'État-Major, il occupe une position plus confortable, survient la grippe espagnole en 1918 qui fera au bas mot trente millions de morts dont Guillaume Apollinaire…

Autour de lui, c'est l'hécatombe. Il jure que s'il en réchappe, il consacrera sa vie au « Divin ».

Chanceux, à tout dire miraculé, puis démobilisé, il rentre à Paris où il est censé en finir avec son École polytechnique et son diplôme d'ingénieur des Ponts et Chaussées. « Intéresse-toi à tout ce que tu veux, avait dit son père, mais pour le moment reste ici. Et finis tes études. »

Cruel dilemme ! Il hésite, hésite encore, tiraillé qu'il est par sa bonne éducation. Et puis… Poussé par ce qu'il appelle sa « nécessité intérieure », il brave le courroux paternel, s'embarque à Marseille sur un paquebot en partance pour le Japon, avec l'idée d'y fonder une loge théosophique.

Il sait déjà que son aventure est impérieuse et d'un autre ordre. Un ordre supérieur qui, désormais, ne souffre aucune hésitation.

À Tokyo, il travaille en tant qu'ingénieur dans une entreprise de travaux publics, le temps d'amasser un pécule.

Mais il rumine son interrogation récurrente : « Quelle est ma mission sur cette terre ? »

Signe du destin : une délégation de moines mongols l'entraîne avec elle dans une lamaserie en lisière du désert de Gobi, à deux jours de cheval d'Oulan-Bator, sur une montagne couverte de neige. Il y restera neuf mois.

Dans sa recherche d'un maître spirituel, dont il sait pour lui, la nécessité, il écrit à plusieurs reprises à Aurobindo, le poète révolutionnaire, devenu guru, qui, fuyant la police anglaise, s'est réfugié dans la capitale des comptoirs français.

Mais ne reçoit aucun écho favorable, aucune réponse.

Pour autant, la « sensation de l'Inde » se fait de plus en plus forte.

Il rejoint l'Indochine où son frère, ingénieur comme lui, dirige l'installation des télécommunications du Vietnam.

Il s'y refait une santé. Il a trente ans. Nous sommes en 1925. Puis, Colombo. Puis, Pondichéry.

Ses missives sont restées lettre morte mais, volontaire, obstiné, il est arrivé jusque-là. Il insiste. Il frappe à la porte du grand Sri.

Elle finit par s'ouvrir.

Il est assis dans son fauteuil, silencieux, drapé dans son *dhoti*.

Pavitra, qui s'appelle encore Philippe, balbutie ses premiers mots. Il se reprend, rassemble toute son énergie et se lance. Posément, dans son anglais alors approximatif, il lui raconte son parcours, sa recherche, la question qui le hante…

Le Maître écoute mais ne dit mot.

L'entretien est clos. Il se retire, légèrement dépité mais fort d'une certitude : c'est la rencontre de sa vie !

Alors, il demande à voir la Mère, plus accessible à cette époque, qui dirige toutes les activités de l'ashram et qui, jaugeant l'intensité de sa demande, lui propose de revenir le voir le lendemain à la même heure.

Il est là, en avance. Il arpente l'antichambre où il patiente, de long en large. Puis, à l'heure dite, il s'assied en face de lui.

Et cette fois, c'est le Maître qui parle : « La libération du Brahman, c'est très bien. L'union avec le Divin, c'est très bien. Mais il existe une deuxième étape, c'est la descente du pouvoir divin dans la conscience humaine, dans la matière, pour la transformer. »

Un silence.

« Eh bien, si vous voulez essayer, vous pouvez rester avec nous. »

Pavitra tombe à ses pieds…

Il restera auprès de lui jusqu'à la mort du Maître en 1950 ; jusqu'à ce qu'il « quitte son corps » comme on dit là-bas. Lui ne reverra ni sa famille ni l'Occident jusqu'à sa propre fin, en 1969, qui n'est jamais qu'un passage, comme chacun sait…

On lui donne pompeusement le titre de secrétaire général de ce qui deviendra la plus grande des communautés spirituelles de l'Inde. Il est surtout le directeur de l'école où des enfants envoyés de la péninsule entière viennent apprendre l'anglais, le français, le sanscrit et cette noble science de la mathématique qu'il leur enseigne…

Il devient le bras droit, le sage, celui sans lequel aucune décision d'importance n'est prise.

Les enfants, garçons et filles, qu'en accord avec la Mère il a mis en short pour faire du sport, ce qui constitue une petite révolution dans l'Inde traditionnelle, courent en tous sens comme tous les enfants du monde mais se mettent en rangs dès qu'il arrive. Ils savent que derrière sa démarche lente et solennelle, cette austérité qui lui colle à la peau cache un cœur ardent, et pour eux, toujours disponible.

Histoire extravagante que celle de Pavitra. Une histoire de fou – ou de sage – si l'on songe à l'époque où elle se déroule, à ses origines sociales et culturelles, à cette famille qui jamais n'acceptera ni son départ, ni son parcours, pourtant longuement explicité dans une correspondance soutenue avec son père de 1918 jusqu'à 1954. Ce dont témoigne son livre : *Itinéraire d'un enfant du siècle*[1].

Il y aurait eu tant à dire, ce jour-là, tant de questions, mais j'étais bien trop jeune et intimidé. J'avais dix ans. Alors entre nous, un léger silence s'installa. Une pause suivie de quelques précisions d'usage sur les nouvelles récentes de la vie de l'ashram, sur ses rapports avec Nehru...

Et puis la conversation a glissé sur des anecdotes de la vie d'Aurobindo avec lequel mon père s'était entretenu à plusieurs reprises. Ils s'étaient accordés sur un projet commun qui consistait à maintenir pour l'avenir, quoi qu'il advienne, une attache avec la France. Faire de Pondichéry une fenêtre ouverte de l'Inde sur la France et assurer la diffusion de la culture française en Inde...

De ces discussions, le Gouverneur était resté très impressionné : « Une montagne d'homme ! La présence la plus forte... », me dira-t-il.

Hypermnésique, surdoué des universités anglaises, le jeune Aurobindo Ghose, âgé d'à peine plus de vingt ans, retourne dans son pays natal en 1893. Ce que développe

1. Buchet-Chastel, 2001.

Luc Venet dans sa biographie *Sri Aurobindo, le rebelle et le sage*[1]. Et, curieuse coïncidence : c'est à cette date précise que Gandhi, dont il combattra les thèses sa vie durant, part exercer ses talents d'avocat en Afrique du Sud d'où il ne reviendra qu'en 1915.

Lui, Aurobindo, entre au service du maharadja de Baroda dont il devient le conseiller, l'éminence grise. Il enseigne à ses enfants l'anglais, la philosophie, la littérature…

Mais bientôt, porté par son enthousiasme révolutionnaire, il entend « bouter » les Anglais hors de l'Inde, comme jadis, Jeanne d'Arc, hors de France…

Il prône la révolte armée, s'oppose à l'intelligentsia qui l'entoure.

Il crée *L'Arya* une revue militante, organise des débats, des manifestations, influencé qu'il est par les philosophes des Lumières qu'il a lus en français comme il a lu Montaigne et Rabelais… Et au cours de ses études à Oxford : Dante, Shakespeare et Cervantes…

Il ne désarme pas, distribue des tracts, dénonce la non-violence inefficace à ses yeux. Tant et si bien qu'il se retrouve emprisonné à Alipore.

Nous sommes en 1908.

Et là, dans le dénuement de sa cellule, commence une nouvelle aventure. Elle s'inscrit dans ce qui apparaît comme

1. Éditions François Bourin, 2020.

un passage obligé quand on se penche sur la vie des grands initiés à travers toutes les traditions, toutes les cultures. C'est le déclic qui fait basculer : le grand chambardement qui bouleverse le cours des choses en profondeur.

C'est la révélation, l'apocalypse qui n'est pas la fin *du* monde mais bien la fin *d'un* monde, qui seule permet de passer au suivant.

C'est le moment où ce qui doit être dit, est dit. Et c'est la prise de conscience qui seule permet d'aller de l'avant.

Aurobindo donc, dans le fond de sa cellule, réalise qu'il ne suffit pas de libérer son pays du joug britannique, de « bouter » les Anglais, mais que c'est l'humanité tout entière qu'il faut libérer d'elle-même, de ses certitudes mentales qui, comme une chape de plomb, l'empêchent d'évoluer :

« Le mental n'est pas un instrument de connaissance… »

« Le premier paradoxe de l'homme est qu'il est amoureux de ses chaînes… »

Saisi de cette évidence qui lui tombe dessus, comme un coup de tonnerre, dira-t-il, c'est ainsi qu'il passe de la révolte sociale à la révolution spirituelle.

Il ira plus loin. Grâce à la « force supramentale », cette énergie cosmique et divine désormais manifestée sur terre, explique-t-il, l'homme est en mesure, pour la première fois de son histoire, de hâter son processus évolutif.

L'*Homo sapiens sapiens* que nous sommes n'est pas au bout de sa course.

C'est un « être de transition » qui tend vers une prochaine étape d'une évolution infinie vers le Divin…

Traqué par la police anglaise qui veut en finir avec ce trublion, il se réfugie donc à Pondichéry où elle ne peut sévir, sa thébaïde, pense-t-il non sans raison.

Il est le seul, alors, à savoir qu'il a changé de combat.

Ses amis les plus fidèles, les compagnons des premiers jours, le rejoignent peu à peu et l'entourent. Ils deviendront tout naturellement ses disciples dans cette communauté désormais spirituelle qui grossit à vue d'œil.

Il sera bientôt rejoint par celle qu'on appellera selon la tradition ancestrale des ashrams indiens : la Mère.

Celle-ci l'a déjà, quelques années auparavant « rencontré en rêve » – ce sont ses mots – alors qu'elle aussi, comme Pavitra, faisait l'expérience du bouddhisme et de ses monastères au Japon.

Issue d'une famille juive turco-égyptienne dans la lignée des Camondo, Mirra Alfassa, tel était son nom de jeune fille, est née à Paris en 1878. Si elle montre un talent précoce pour sa première passion, la peinture, c'est une autre recherche qu'elle poursuivra bientôt.

Posant ses pinceaux, elle abandonne la vie parisienne pour suivre un maître ésotérique du nom de Théon, auquel on prêtait des pouvoirs exceptionnels.

Puis, après maintes expériences et voyages, c'est sur Sri Aurobindo qu'elle jette définitivement son dévolu.

C'est à elle, dont il fera son alter ego, louant son pouvoir spirituel, qu'il confie les rênes de son ashram avant de se retirer en 1920, dans une chambre dont il ne ressortira plus.

Sa chambre où il marche de long en large en répétant : « *Ambulando solvitur* » : « Les choses se résolvent en marchant. »

Où, dès qu'il s'assied, il ne fait plus qu'écrire :

La Vie divine, *La Synthèse des yogas*, les *Commentaires sur la Gîta*. Et *Le Savitri*, ce fourmillant poème épique qui embrasse l'histoire, la mythologie, la spiritualité de l'Inde, sur plus de sept cents pages…

Pavitra se lève tout à coup et conclut :

« *Le Savitri*, vous comprenez, c'est *L'Énéide* ! »

V

À l'hôtel de l'Europe nous attendait Roger, le fidèle serviteur, le majordome, l'intendant en chef du Palais du Gouverneur.

Il est cintré dans son costume d'apparat, écharpe bleue en bandoulière sur laquelle il a accroché le gros macaron de cuivre où sont gravés : « Palais du Gouverneur – République française. »

Une grande bouffée de ce passé que regrette tant Monsieur Magry remonte à la surface.

Il tremble d'émotion, s'incline et s'apprête, en signe de respect, à toucher les pieds de mon père qui le relève sur l'instant : « Mon vieux Roger ! »

Outre ses fonctions officielles, c'était lui, le pourvoyeur en paradis artificiels. Lui qui allait chercher, quand les réserves venaient à tarir, les fameuses boulettes amères et

Mon premier voyage en Inde à dix ans. Avec Roger, le majordome du Palais du Gouverneur.

noires qu'il roulait puis rangeait délicatement dans les petites boîtes en argent dont il me reste un exemplaire et qui font voir « la vie en rose ».

« Tu comprends… », me dira mon père quelques années plus tard dans un élan de ferveur lui faisant oublier qu'il s'adressait à un adolescent, lequel en l'occurrence, était son fils…

« L'opium, c'est merveilleux ! En fin de journée, comme ça, on commence à sentir grincer son corps, ses articulations. On a le nez qui coule un peu. On se mouche. Et puis, on avale quelques boulettes. Tout se remet en place et c'est le bonheur ; on peut boucler ses dossiers, jouer au tennis, ou boire un verre avec des amis, courtiser les femmes qu'on aime… »

Il clamait aussi haut et fort que l'opium lui avait sauvé la vie ! Il en faisait l'apologie, évoquant notamment ce « brigand d'Henri de Monfreid » qui, avec ses trois pipes par jour – trois pipes, pas une de plus, c'était-là le secret –, était un fringant vieillard de quatre-vingts ans qui en vivrait presque cent !

« Et tous ces vieux sages chinois centenaires qui tirent sur le bambou… Ce n'est pas une maladie funeste, c'est une panacée… »

Le même, toujours attentionné, m'expliquera encore très sérieusement que ce qui est intéressant avec les drogues, c'est d'être intoxiqué : « C'est simple : tu crées un besoin et ensuite tu le satisfais ! »

Il avait, certes, des circonstances atténuantes que nous découvrirons.

Mais enfin…

En attendant, Roger, comme dans le bon vieux temps, était reparti dans la ville à la recherche des boulettes précieuses et déjà de plus en plus rares. Celles qui apaisent quand, en fin de journée…

Mais en réalité, en cet hiver de 1961, nous sommes là pour une raison tout autre… N'est-ce pas le but de mon voyage, ce pour quoi mon père, de si loin, m'a fait venir ?

À l'ashram, en effet, nous avons un autre rendez-vous.

Il veut me présenter à « la plus grande dame qu'il ait jamais rencontrée ! »…

Purna, la mère de mon copain qui nous avait accueillis à l'aéroport de Madras et se trouve être la petite-fille de la Mère, est présente, toujours tirée à quatre épingles. Et Pavitra, bien sûr, escorté du charmant Aboy Singh, son élève le plus doué, devenu son factotum qui le suit comme son ombre. Des disciples presque tous en blanc passent autour de nous en multipliant les marques de respect. Décidément, dans ce petit monde feutré, mon père est un personnage. Un personnage pour moi de plus en plus impressionnant qui alterne une retenue inhabituelle et de larges sourires. En fait, il joue son rôle et ne cesse de séduire.

Nous procédons après le porche et ses colonnes doriques dans un premier jardin fleuri de dahlias multicolores et de jasmins grimpants sur les murs.

Je suis dans mes petits souliers, des sandales ajourées que je dépose comme tout un chacun à côté de quantité d'autres bien alignées. Elles sont toutes si semblables que je me demande si je vais les reconnaître.

Je marche à petits pas, en léger retrait, mon père me donne la main de temps à autre, ce qui me rassure.

De l'autre côté de la cour, sous un autre porche, je reconnais le monstre sacré derrière une grille, la grosse voiture qui est venue nous chercher à Madras : oui, c'est la Humber noire qui brille avec ses quatre phares saillants, son marchepied, ses poignées inversées…

Tout autour de nous, délimitant des espaces de promenade et d'autres de recueillement, sont posés des pots de terre plantés de fougères et œillets d'Inde orange et jaunes.

Le flamboyant centenaire, dont les branches les plus lourdes sont soutenues par des piquets de ciment peint où les écureuils galopent toujours et se chamaillent, jette une pénombre entrecoupée de rayons obliques. Il veille sur une haute dalle de marbre blanc qu'on a peine à discerner tant elle est recouverte d'œillets, de jasmins, de lotus, de tubéreuses et pétales de roses.

Cet incroyable amas multicolore compose des dessins géométriques que, tous les matins, dès potron-minet, l'on change. Des disciples affectés à cet emploi, aussi zélés que silencieux, apportent à heure fixe de grands paniers d'osier transportés dans des chars à bœufs débordant de fleurs cultivées à cet effet. Ils viennent de les couper dans le vaste jardin d'une ferme, de l'autre côté de la ville, appartenant à l'ashram.

Leur parfum est d'autant plus enivrant qu'il se mêle à celui d'une forêt de bâtons d'encens plantés dans de petits bacs à sable.

Sur le flanc droit de la grande dalle, en son centre volontairement dénudé, sont gravés ces mots dictés par la Mère dont tous les disciples, ici, se sont imprégnés :

« To Thee who hast been the material envelope of our Master… we bow and implore that we may never forget, even for a moment, all we owe to Thee. »

« À toi qui fus l'enveloppe matérielle de notre Maître… Nous nous inclinons en implorant de ne jamais oublier, ne serait-ce qu'un instant, tout ce que nous te devons. »

Cette dalle, encore, sur laquelle, par dizaines de milliers, des disciples, des curieux venus de l'Inde entière et des quatre coins du monde se sont penchés et où, devant moi, des fronts se posent et des mains se referment sur un pétale de rose, c'est la tombe du Maître, celle de Sri Aurobindo.

Celle où depuis 1950 repose son corps et, on l'espère avec une foi qui soulève les montagnes, un peu de son âme aussi.

C'est le « Samadhi ».

Sur la droite où je me laisse conduire, le ballet des dévots immobiles ou glissant comme des ombres, se raréfie au fur et à mesure que j'avance dans le Saint des saints, moi aussi, à pas feutrés. Au bout du corridor à ciel ouvert, une antichambre avec trois colonnes. Devant celle du milieu, dans un coffrage en palissandre qui à la forme de son symbole : deux triangles imbriqués comme une étoile de David légèrement aplatie avec un rectangle en son centre où fleurit un lotus : l'avatar, la manifestation incarnée du divin. Et, sur fond de soie bleu ciel, éclairée de l'intérieur, cette photo emblématique du jeune Aurobindo qui, avec barbiche, cheveux longs, regard pénétrant, une pointe de romantisme révolutionnaire, a des faux airs du Che Guevara de la grande époque…

Lui faisant face, sur un chevalet de bois à l'ancienne, une photo encadrée de la Mère assise sur un fauteuil entouré de feuillages, avec son bandeau sur le front, très 1930, et son ineffable sourire.

Sur un carton glissé contre la bassine où flottent des hibiscus, une petite main scrupuleuse a recopié d'une écriture enfantine, ces vers du Maître, la concernant :

All nature dumbly calls to her alone
To heal with her feet the aching throb of life.

La nature tout entière lance vers elle seule, un appel muet
Pour guérir au contact de ses pieds la palpitation
douloureuse de la vie.

Je tiens maintenant dans mes mains le délicat bouquet qu'on m'a remis, lié par un fil blanc, et que je suis censé donner à la Mère quand je me trouverai en face d'elle…

Je n'ai pas idée de ce qu'elles représentent, ces fleurs, mais j'apprendrai bientôt que chacune d'entre elles, rebaptisée par ses soins, porte un nom et une signification précise. Ainsi, lorsqu'on lui offre une fleur, c'est une demande qu'on lui adresse et que le pouvoir qu'on lui prête nous aide à satisfaire. Elle a d'ailleurs écrit un opuscule sur le sujet qu'elle a titré : *La Signification des fleurs*.

Le zinnia, par exemple, c'est l'endurance. Et Aurobindo *dixit* : « La victoire est au plus endurant. » Le pétunia, c'est l'enthousiasme. Le dahlia : la noblesse. Le narcisse : le pouvoir de la beauté. Le tournesol : la conscience tournée vers la lumière… La plus pittoresque sans nul doute étant la *Clitoria terratea* : La conscience de Radha dans le vital !

Décor étrange au-dessus de ma tête. Le plafond en plaques de tôles rivetées a la forme d'une coque de bateau inversée et le sol en losanges de ciment est teinté de brun dans la masse. Des lézards immobiles filent tout à coup comme des flèches, ils avalent des moustiques, c'est pour ça qu'on les aime.

Dans l'angle droit de l'escalier que nous empruntons, une lampe style Gallé, avec son abat-jour à arabesques, est allumée en veilleuse.

Je suis toujours mon père avec mon bouquet dans la main gauche, la droite sur la rampe très fine de cuivre ou de laiton. Il grimpe posément les marches étroites qui craquent sous ses pieds. L'espace se rétrécit. On se croirait dans la coursive d'un navire. Et l'ascension se poursuit.

Les murs sont plaqués de teck et l'espace se réduit encore. Puis nous traversons une pièce bourrée d'une collection d'animaux en peluche destinée aux enfants de l'école qui venaient régulièrement la voir du temps où elle était plus ingambe. Un bestiaire stupéfiant où se chevauchent des ours, des hiboux, des chèvres, des souris… Et des bibelots en quantité sur une table ovale autour d'un vase de lys blancs.

Mon père se retourne, lâchant ce vers fameux de Mallarmé :

Abolis bibelots d'inanité sonore.

Aux murs du couloir sombre où nous avançons toujours, deux petits tableaux à l'huile se font face : une nature morte aux raisins sur une nappe plissée avec un léger rayon de lumière, tout ça très XIXe, et une scène d'intérieur où une jeune femme en jupe longue et chapeau à larges bords est accoudée à la rampe d'un escalier. La tête légèrement baissée, elle est pensive, elle réfléchit, ou elle rêve. Les murs tapissés sont mouchetés à la manière de Vuillard. Ils remontent à l'époque où, peintre dans le Montparnasse des impressionnistes, la Mère, qui s'appelait alors Mirra, fréquentait l'atelier de La Grande Chaumière. Ce sont, paraît-il, les deux seules œuvres de sa main rescapées de sa vie aventureuse.

Dans la chambre d'Aurobindo que nous avons le privilège de traverser, c'est à nouveau un capharnaüm d'objets divers dont pas un seul ne semble avoir bougé depuis qu'il n'est plus là : animaux en bois provenant du Nagaland, presse-papiers en ivoire, pots de porcelaine, chinoiseries, tissus épars recouvrant çà et là des piles de livres. Dans le bureau où il passait le plus clair de son temps, s'accordant de temps à autre le plaisir d'un cigare, des trophées : deux gracieuses gazelles, une peau de tigre jadis offerte par un maharadja de passage…

Nous ne sommes pas au bout de notre parcours initiatique. L'ascension reprend par un deuxième escalier toujours en teck : c'est bien la coursive d'un navire qui ne peut être que céleste…

Je sens que le souffle de mon père est de plus en plus court. Je marche sagement dans ses traces.

Le silence qui s'est installé devrait être serein, je le sais, mais il m'impressionne trop pour ne pas me peser.

Il est troublé par le croassement entêtant des corbeaux, une marque de fabrique familière à tous les voyageurs de l'Inde.

Et puis… En haut des marches, dans une minuscule antichambre, une apparition, une figure d'anthologie : barbe immaculée jusqu'au nombril, cheveux également répartis sur les épaules, dans son *dhoti* de coton blanc, il est assis là, à sa place comme personne, sur son tabouret, aujourd'hui, devant nous, et pour l'éternité…

Sa peau est presque plus claire que la mienne. Il serait torse nu sinon le mince cordon de brahman qui de son épaule droite lui retombe en baudrier sur le ventre.

Sourire énorme, éclatant, il sourit même avec les yeux, se lève, prend la main de mon père dans les siennes comme si l'absence n'avait jamais compté et la secoue doucement et longuement. Puis il fait de même avec la mienne.

Ce qui émane de cet homme, c'est une générosité, une bonté absolue qui dépasse les bornes. Il est irrésistible, on lui donnerait plus que le bon Dieu ou plutôt le Divin sans confession…

D'ailleurs, c'est lui le « gardien du temple », le compagnon de la première heure quand soufflait du côté de Calcutta le vent de la lutte révolutionnaire. Lui qui, au cours des manifestations, bloquait des rues et transportait des cocktails dignes de Molotov…

Lui, devenu aujourd'hui le brahman irréprochable, le disciple absolu : c'est Champaklal… qui ouvre la porte de la chambre de la Mère, comme saint Pierre celle du paradis…

Elle n'est pas si grande, pensé-je en la découvrant, elle est agrandie par la pénombre des rideaux tirés sur les fenêtres qui donnent sur la cour du Samadhi. Ces fenêtres vers lesquelles se lèvent les regards des disciples aux mains jointes.

Beaucoup d'objets encore : ces gros coquillages roses dans lesquels on entend la houle quand on les pose contre l'oreille. Des photos, une enfilade de petites horloges aux battants immobiles, des lampes en porcelaine peinte, en opaline rose comme dans un salon Napoléon III, un ventilateur aux vieilles pales en bois et, suspendu sur un mur au bout d'une cordelette, un calendrier du bazar de la rue Nehru, dont on déchire tous les jours une page…

Mais en réalité, à l'instant dont je parle, bien loin de la reconstitution que j'opère des années plus tard, ces détails m'échappaient. J'avais comme une taie sur mes yeux.

Et mon père m'avait placé devant lui.

« Mère, voici mon fils ! »

Dans son fauteuil légèrement surélevé, elle est assise telle une princesse égyptienne, les avant-bras posés sur ses accoudoirs.

Un regard… Le reste n'existe plus. Les yeux fardés de cette très vieille dame se posent sur moi.

Elle avance sa main droite sur mon épaule… Je suis ailleurs, suspendu dans les airs. Je me laisse porter et, comme on me l'a demandé, j'ai allongé le bras pour tendre mon bouquet. Et après, je ne sais plus…

Que dire ? Je reste immobile, médusé à la fois par la douceur et la force que dégage cette présence si proche, si enveloppante.

Mais, bientôt, une autre image s'impose à moi, plus forte et bouleversante encore : mon père a lâché ma main. Il tombe à genoux aux pieds de la Mère. Il les touche, puis caresse ses genoux. Et il embrasse ses mains. Une fois, dix fois.

Elle esquisse un mouvement pour le relever comme il l'avait fait lui-même avec Roger, son serviteur, mais il persiste. Elle le laisse faire, lui pose la main sur la tête. Il continue. Il ne s'arrête plus de l'embrasser.

Elle a l'air bien heureuse, elle aussi, de le revoir.

C'est peut-être ça, l'amour spirituel…

Nous sommes revenus à pied par le cours Chabrol, longeant l'océan, avec ce qu'il reste de son pier, sa jetée, qui prolongeait sur les eaux les colonnes de Dupleix, où l'on promenait jadis les élégantes. En réalité, c'étaient de vieilles dames vêtues de noir, venant profiter de la brise du soir, poussées par des coolies précautionneux dans d'antiques voitures à galerie et quatre roues qu'elles dirigeaient au moyen d'une manette à levier et qu'on appelait des « pondichériennes »…

À l'image d'un port délaissé du tiers-monde, sur le large trottoir où nous marchons, les dalles de ciment sont presque toutes déchaussées et les cocotiers que personne n'arrose, pauvres plumeaux dans leur carré de brique, ont bien du mal à pousser.

Ponctuant le bruit sourd des vagues qui se brisent sur les blocs de pierre déversés contre la digue pour conjurer l'avancée des eaux, les clochettes des vendeurs ambulants de cacahouètes tintinnabulent comme des glaçons dans un verre. Et des brises de chaleur humide balaient la côte de Coromandel.

Nous avons traversé les jardins de la grand-place avec son arc de triomphe, dessinée à la demande des autorités coloniales par Pavitra, en sa qualité d'ingénieur des ponts-et-chaussées.

Nous avons marché longtemps sans nous parler.

On pouvait se taire sans penser qu'on n'avait rien à se dire. En chemin, à plusieurs reprises, on nous a reconnus et salués.

Le dîner aussi à l'hôtel a été empreint de silence. Un face-à-face serein, gravé pour toujours dans la mémoire. Nous étions portés, lui et moi, par l'intime conviction qu'il fallait laisser faire le temps, que nous en reparlerions un jour…

Le soir dans ma chambre, longtemps, j'ai gardé les yeux ouverts.Je regardais les dessins que faisait au plafond l'ombre projetée de ma moustiquaire que traversaient lézards et moustiques.

Après tout, je n'étais qu'un enfant qui compte les moutons avant de s'endormir.

La seule chose dont j'étais sûr, c'est que ce jour-là, il s'était vraiment passé quelque chose.

VI

Jusque-là, quand j'y repense, je l'avais certes mis sur un piédestal comme bien d'autres enfants le font avec leur père, fût-il médiocre. Mais l'image que j'en avais était tout autre. C'était celle du marin breton qu'il affectait d'être et qui lui allait comme un gant.

Point de serviteurs zélés alors, on allait chercher l'eau à la pompe dans le jardin enclos de murets en pierres sèches, hortensias bleus et herbes folles, de Ker Clos et Ker Gilles, deux petites maisons attenantes qu'il louait tous les ans avec ma mère en juillet, sur les hauteurs de La Trinité-sur-Mer, en souvenir de son enfance bretonne…

Il portait les seaux d'eau dans la salle de bain et la cuisine en clamant haut et fort qu'il était hydrophobe.

Et sur le même ton, citant Jarry : « Ce liquide si impur, qu'une seule goutte suffit pour troubler l'absinthe. »

De gauche à droite : François Baron, Pierre Devaux, Arletty, Jacques Baron à Belle-Île en 1960.

Et tout le monde sans rechigner lui emboîtait le pas. Car il y avait un passage hétéroclite et continuel d'amis de la famille qui se croisaient dans un climat de bonhomie totale. Des artistes et des écrivains plus ou moins célèbres : l'un avait écrit le scénario des *Enfants du paradis*, l'autre *Le Lion*, le troisième avait dessiné l'affiche du *Normandie* et Dubo, Dubon, Dubonnet qui tapissait les murs des villages de France. Ils s'appelaient Prévert, Kessel, Cassandre. Quant à Latorre, le pittoresque et merveilleux sculpteur espagnol qui avait fui Franco, il allait sombrer pour toujours dans l'oubli…

Dans cette aimable farandole où tout semblait couler de source, mon père m'apparaissait comme un personnage particulièrement décontracté qui, dans un fauteuil en rotin, ne quittait pas sa casquette de capitaine en coton bleu délavé sur laquelle il avait épinglé fièrement le fanion en pointe rouge et bleu du club nautique présidé par son copain le général de Kersauson, alors maire de La Trinité et ancien Français libre, lui aussi. Les pieds sur le muret en pierres sèches de granit, il enchaînait les Gauloises sur son fume-cigarettes en lisant de Lawrence Durrell : *Le Quatuor d'Alexandrie*…

Du matin jusqu'au soir, huîtres, bar ou langoustines abondaient, le muscadet coulait à flots…

Sur le port, au bar de la Rade, trônait Mme Le Goëbel, la patronne, que j'avais le devoir d'aller embrasser malgré son odeur tenace, si tenace que des mauvaises langues, l'ayant affublée d'un don particulier, se plaisaient à répéter qu'il lui suffisait d'y plonger un doigt pour faire cailler le lait !

Et c'est toujours à sa terrasse que nous attendions la décrue du noroît avant de larguer les amarres.

Ma nouvelle mission, ma récompense, était mousse de service !

Je secondais le fidèle copain Nali, dessinateur et illustrateur à ses heures, qui, barbe fleurie et grande gueule, ressemblait comme deux gouttes de whisky au capitaine Haddock.

Tirant de toutes mes forces sur les drisses, « hardi petit », je l'aidais à hisser les voiles du *Barracuda*.

Le bon vieux cotre tout en bois de huit ou dix mètres hors tout était notre navire amiral et l'on mettait le cap sur Belle-Île où l'oncle Jacques, fidèle pilier, lui aussi, de son bistrot, continuait, comme jadis au Quartier latin, d'écrire des poèmes sur le bord de sa table…

Mon père, stimulé par la houle, « ivre d'un rêve héroïque et brutal » comme Heredia, de plus en plus enjoué et ragaillardi par les embruns, tenait la barre non sans avoir vérifié la présence des « dives bouteilles » et des indispensables petits sablés, les « Traou-mad ».

Il se lançait tout à coup :

J'en ai une toute petite,
Elle vous plaira tout de suite
Elle est douce et câline,
On dirait d'la v'loutine…

Quand ce n'était pas :

Toujours content de rentrer d'dans,
Jamais content de se r'tirer,
Voilà comme on baise,
À la manière française…

Cette chanson de potache prolongeait ses années de jeunesse où la petite histoire croisait parfois la grande…

VII

Fringant conscrit de l'après-guerre, le jeune Baron est de ceux qui en 1918 comme nombre d'autres gosses, dans un élan patriotique d'un temps révolu, avaient levé le doigt pour aller récupérer l'Alsace et la Lorraine, mais que leur âge trop tendre avait déboutés. Cette fois, en 1921 – il a tout juste vingt ans – l'heure du Service national avait sonné…

Pour la première fois en France, au 104e régiment d'infanterie de la caserne de la Tour Maubourg à Paris, où il se lie d'amitié avec Debiève qui se prend pour « le Grand Meaulnes », Vitrac, Arland, Crevel…, le matin, on apprend à devenir soldat et l'après-midi on suit les cours à la Sorbonne.Il s'agit de faire des officiers avec des étudiants.

La boucherie fut atroce, alors on reconstruit la vie, sachant à peine si au bout du compte, tant les familles sont

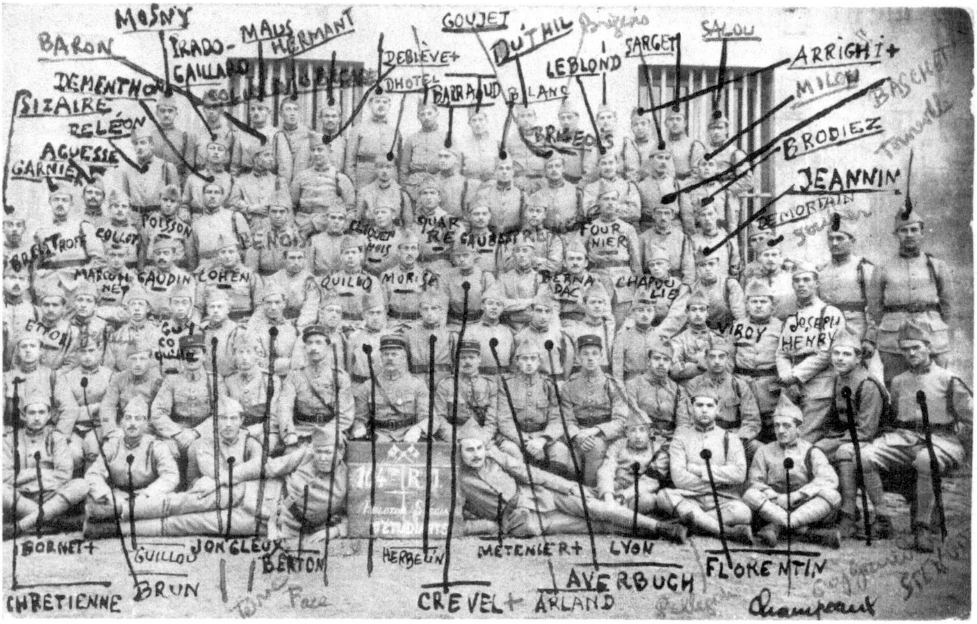

Le 104e régiment d'infanterie de la Tour-Maubourg.
Une grande première : le peloton des militaires-étudiants. Baron en haut à gauche, Crevel et Arland au milieu.

décimées, on l'a gagnée ou bien perdue, cette foutue guerre, la « der des ders », croyait-on.

Dans certains coins de France, en Bretagne notamment, les monuments aux morts trônent sur les places des mairies. On ne voit plus que des veuves courbées sur leur labeur avec leurs coiffes en dentelle blanche qui, sans avoir eu le temps de faire leur deuil, se sont mises à retourner la terre avec leur cheval de trait, à cultiver les champs, à planter les artichauts, les patates…

Pendant ce temps, à Paris, le 14 avril exactement, un petit groupe de jeunes gens qui conspuait la bourgeoisie environnante dont la plupart étaient issus, se réunit au square Saint-Julien-le-Pauvre, en face de Notre-Dame, avec l'intention folle mais chevillée au corps de bouleverser toutes les valeurs acquises ; d'aller, suivant Rimbaud, « au fond de l'inconnu pour trouver du nouveau ».

Et l'inconnu, c'était l'inconscient, l'imaginaire ; ce qui surgit, ce qui provoque, ce qui échappe...

Nombre d'entre eux ont connu les tranchées, la gadoue, le front de l'Est, et ont du mal à s'en remettre. Ce sont des artistes et des poètes qui arpentent les grands boulevards en hommes-sandwichs entre deux panneaux de carton sur lesquels ils ont écrit : « Vous ne croyez que ce que vous comprenez, tas d'idiots » !

Le mouvement Dada a explosé dans l'endroit le plus inattendu, à Zurich, au café Voltaire. Et le surréalisme en est à ses balbutiements...

François, mon père, qui à l'époque s'appelait Charles, a fait venir de Nantes, où il se destinait à la marine marchande, son petit frère Jacques qui a tout juste seize ans en cette année 1921 : « Viens me rejoindre au plus vite, on est en train de refaire le monde, c'est ici que ça se passe ! »

Il n'en faut pas davantage à cet adolescent rêveur, hanté par les *Illuminations* de Rimbaud, que tout dispose à larguer les amarres. Son sang, celui qui ne saurait mentir, ne fait qu'un tour. Il s'échappe, s'évade du carcan familial de la bourgeoisie de province. Il a cassé sa tirelire pour s'offrir le voyage.

La nuit sera courte. Le jour se lève à peine lorsque la grosse locomotive crachant sa vapeur qui la recouvre, le dépose en gare Montparnasse.

En passant devant elle, il pense à celle presque identique du célèbre tableau de Monet sous la verrière immense de la gare Saint-Lazare.

La photo historique de la Centrale surréaliste par Man Ray en 1924. De gauche à droite : Baron, Queneau, Naville, Breton, Boiffard, Chirico, Vitrac, Eluard, Soupault, Desnos, Aragon. Assis : Simone Breton, Morise, Mick Soupault.

Il cherche son chemin dans la grande ville qu'il découvre, avale un café, un croissant et, quelques heures plus tard, il est l'un des premiers sur un banc du square Saint-Julien-le-Pauvre à attendre un rendez-vous qui deviendra mythique. Celui qui sera officiellement retenu par l'Histoire comme étant la première manifestation surréaliste.

Autrement dit : celui qui scellera le passage de la pure révolte dadaïste à la création d'un mouvement littéraire et artistique dont la fécondité exceptionnelle, libérant tous les possibles, ouvrira de vastes horizons…

Peu à peu, en ordre dispersé, arrivent les nouveaux poètes du siècle à reconstruire. Et lui, le petit Jacques, inconnu au bataillon, se lève pour serrer la main d'Aragon à qui son grand frère vient de le présenter.

Dans le train de nuit qui l'a amené jusqu'à la capitale, il a griffonné quelques mots sur un bout de papier froissé qu'il a gardé sur lui, précieusement.

Il plonge la main dans sa poche.

Et lui tend ses quelques mots qui vont changer sa vie :

Maintenant visé
D'une folie douce
Je tourne le pouce
D'une autre pensée.

« Vous restez avec nous, jeune homme, dit Aragon dans une envolée lyrique. Vous êtes le Radiguet de la poésie française ! »

À son tour, André Breton saluera : « l'étrange séduction qu'il exerce. Et partant, l'impossibilité de ne pas engager davantage le futur ».

Jacques répondra : « J'ai embrassé la vraie vie sans barrières, sans parapets ni postes de péage… »

Et, ce qui fut dit fut fait.

Caché à l'hôtel des Grands Hommes sur la place du Panthéon, dans une mansarde louée par ses nouveaux copains qui se sont cotisés pour lui, Jacques échappe à la brigade chargée de poursuivre les mineurs en fugue que ses parents affolés, à Nantes, ont alertée. Il ne cesse d'écrire des poèmes qui sont publiés presque au jour le jour dans les revues d'avant-garde de l'époque : *Aventure*, *La Révolution surréaliste*…

La promesse des mots a remplacé l'appel du grand large. Il se sait recherché, doit passer inaperçu, mais se risque jusqu'à la terrasse des bistros du Quartier latin avec sa plume et son papier : le plus jeune des surréalistes de la première heure sera probablement le dernier des poètes de sa génération à n'avoir vécu humblement, dans son atelier d'artiste de la rue Simon-Dereure à Montmartre, que de sa plume, alignant des vers jusqu'à son dernier souffle.

Jusqu'à ces mots qui closent le poème qu'il me dédia :

À toi jeune homme à toi
La qualité du ciel de demain
Le temps d'amour est insulté

Quand on dit que les heures sont brèves
Le bonheur frappe à la fenêtre de l'aventure
Trois mots nous restent agiles et sans mépris
Trois mots l'un l'autre s'enchaînant
Exigeant la douceur et la force
Amour justice et liberté

Au Café Cyrano, au sein de ce groupe qui se rassemble et s'organise sous la férule de son « pape » André Breton et qu'ont rejoint quelques Dada : Max Ernst, Tzara, Man Ray, Picabia…, mon père passe des nuits blanches.

Blanche comme la place du café où ils se retrouvent. Et au petit matin, toujours fringant, il rentre à pied avec Aragon jusqu'à Neuilly où ils habitent tous deux.

Tout au long du chemin, ils se renvoient des vers : Valéry, Mallarmé, Verlaine et même Hugo, officiellement décrié par Breton :

Maintenant que Paris, ses pavés et ses marbres,
Et sa brume et ses toits sont bien loin de mes yeux ;
Maintenant que je suis sous les branches des arbres,
Et que je puis songer à la beauté des cieux ;
Maintenant que du deuil qui m'a fait l'âme obscure
Je sors pâle et vainqueur…

Parfois, sans crier gare, Baron, qui a la réputation de lutiner les dames, bifurque après la place de l'Opéra pour aller rejoindre une femme dont l'ami Louis écrira dans son roman *Le Paysan de Paris* qu'elle ressemble à « une colombe poignardée ».

Il lui arrive aussi, pour arrondir ses fins de mois, d'avoir des activités inattendues, d'organiser des matchs de boxe à la salle Pleyel, ce qui, dans le même ouvrage, lui vaudra le surnom de « Baron le boxeur ».

Dans *Les Frontières du Bonheur*, livre qu'il publie en 1954 dans la collection L'Air du Temps que dirige Pierre Lazareff chez Gallimard, il précisera : « Au sein de ce petit groupe de jeunes Parisiens, bourgeois mais frondeurs, émergeaient déjà des personnalités tendres, révoltées, cultivées, studieuses, mystiques, désespérées, ambitieuses. C'est le fait de chaque groupe, mais ce qui m'étonne, c'est le grand nombre d'hommes de qualité que le hasard avait rassemblés dans le nôtre. » Et d'ajouter : « Le surréalisme n'était pas, pour nous, une chapelle littéraire, mais une éthique et une amitié. »

Mais reprenons. Bientôt, le vent tourne qui lui fera tirer son bord vers de lointains rivages…

Bien qu'il ne le porte pas vraiment dans son cœur, faute d'affinités, il décide de suivre le conseil d'André Breton qui, quelque temps après avoir rédigé son *Manifeste* avec Soupault, lui aurait dit : « Désormais, il faut brûler nos poèmes et aller chercher l'aventure ailleurs »…

Les témoins disparus, nul ne saura le fin mot de cette histoire. Toujours est-il que mon père, dont curieusement aucun poème n'avait été jusque-là publié, prétendait s'être exécuté.

Ni une ni deux, il complète sa licence de droit par deux années d'École coloniale et obtient dans la foulée son premier poste. Mais, avant de partir, il veut trouver l'âme sœur ou plutôt « l'amour fou ».

Il laisse son jeune frère à son nouveau destin et lui va suivre le sien.

Et tout semble couler de source… Sur le trottoir de la rue d'Assas, devant le porche de l'École alsacienne, il tombe sur une écolière aux yeux « profonds comme la mer en Bretagne » qui vient de passer son premier bac.

« Oisive jeunesse à tout asservie. Par délicatesse, j'ai perdu ma vie…, lance-t-il.

— Ah que le temps vienne, où les cœurs s'éprennent ! » répond la belle qui avait lu Rimbaud, avant de lui tomber dans les bras.

C'est trop beau pour être vrai ou alors la réalité dépasse la fiction !

Toujours est-il que, bien qu'elle soit mineure, ce qui, loin s'en faut, n'était pas une mince affaire, il obtient par Dieu sait quel stratagème de pouvoir l'épouser en un temps record. Ils emportent des médicaments et des livres, plient bagage et embarquent sur un paquebot des Messageries Maritimes : direction Dakar.

C'est là qu'il vient d'être nommé administrateur des colonies.

Nous sommes en 1927.

VIII

On construit à tour de bras des écoles, des bibliothèques, des hôpitaux, des ponts et des routes, on apporte les « bienfaits de la civilisation », du moins, en était-on convaincu à l'époque. On était loin de penser qu'un jour un président français irait jusqu'à parler de crime contre l'humanité…

Hélas, si l'avenir est plein de promesses, la belle n'aura qu'un temps. Elle comprend l'année suivante que son coup de foudre surréaliste n'est qu'un feu de paille et que son amour est volage. Elle décide de rentrer à Paris pour faire sa médecine, issue qu'elle est d'une famille prestigieuse dans ce domaine : les Aboulker.

« Mais quand ils se rhabillent en septembre, je ne sais pas. Ou c'est elle, ou c'est lui, enfin rien n'a de lendemain… », écrira Aragon.

De Dakar, notre jeune administrateur, quelque peu ébranlé, est muté à Mopti sur les bords du Niger où il ira sécher ses larmes. On lui assure un paradis hanté par quelques moustiques et l'humeur fantasque de l'équipe qu'il va devoir diriger.

Il prend de l'assurance, du galon. Il apprend le métier de chef.

Il n'en a pas l'autorité naturelle et surtout pas vraiment le goût. Il n'aime pas la paperasse et déteste la comptabilité. On lui reconnaît cependant un grand sens de l'équité et une vraie gentillesse aujourd'hui démodée. Il est animé par le désir de bien faire et d'entreprendre. C'est un serviteur de l'État, à sa façon, dont la finesse psychologique compense le manque de poigne. Il arrive ainsi à se faire obéir et parvenir, au bout du compte, à ce qu'il pense aller dans le bon sens.

Certes, il décroche par moments et se laisse envahir par la torpeur des tropiques. Il ne s'inquiète pas outre mesure, se sait aimé et respecté, hormis, comme toujours, de ceux qui veulent sa place.

Après tout, il connaît sa faculté de rebondir ; c'est un adepte du « coup de collier ». Il sait aussi secrètement qu'en cas de problème persistant, il usera de son charme pour calmer les esprits.

Alors, installé dans sa nouvelle demeure, dont la véranda donne sur un jardin fleuri et sur le fleuve majestueux en contrebas, il lit tout ce qui lui tombe dans les mains et commande d'autres livres encore, livrés au compte-gouttes par la valise diplomatique. Le soir, il écrit des lettres qui s'envolent dans la jungle et finissent par arriver miraculeusement à bon port, sur les bords de la Seine.

Une fois par semaine, son intendant revient chargé de colis postaux.

C'est le courrier tant espéré avec les missives en retour : une lettre d'amour, on a le droit de rêver… ou de son frère qui lui renvoie les échos de la vie parisienne : premières de théâtre, vernissages d'expositions, nouveaux scandales surréalistes et les ultimes discussions enflammées au Café Cyrano ou aux Deux Magots…

Confortablement assis dans son rocking-chair, il est justement en train de lire la dernière arrivée, lorsque tout à coup un boy affolé trouble sa concentration.

Il court vers lui en agitant les mains au ciel :

« Mamadou, Mamadou…

— Eh bien ?

— Mamadou, Mamadou, sa femme…

— Que se passe-t-il ?

— Sa femme, sa femme… Elle est morte ! »

De tous les jardiniers qu'on avait connus de mémoire de colon à Mopti et dans la région tout entière, Mamadou était le meilleur et le plus aimable. Tous les matins à heure fixe, il apportait fièrement ses salades, ses carottes à la cuisine de l'administrateur. Et toujours on le félicitait, on le congratulait : « Merci, Mamadou, c'est toi le meilleur ! »

Mais hier, la femme de Mamadou a commencé à se plaindre, à pousser des gémissements puis des cris. On a tout essayé au village. Tous les rites y sont passés : les incantations, les massages, les breuvages, les potions les plus magiques. Rien n'y faisait. Elle criait de plus en plus fort. Elle avait de plus en plus mal. Elle tapait sur son ventre gonflé, tendu comme un tambour.

Alors, désespéré, ne sachant plus que faire, devant le sorcier impuissant, toutes les prières du monde et la famille en pleurs, Mamadou a décidé d'employer le remède suprême. Il a pris son couteau le plus affûté et d'un geste large et profond, il a ouvert le ventre de sa femme.

« Elle avait un diable qui lui mangeait le ventre ! dira-t-il. Il fallait absolument le faire sortir. »

Consternation dans l'administration coloniale. La malheureuse avait succombé. Le meilleur des sujets était devenu un assassin…

Que faire ?

Mamadou, en transes, répétait inlassablement qu'il ne supportait plus la douleur de sa femme, qu'il voulait la sauver et que ses salades étaient les meilleures du pays…

Peine perdue. Deux gardiens musclés l'empoignèrent sous les bras et le traînèrent derrière les barreaux.

Contraint d'établir un rapport de toute urgence, mon père, effondré mais n'ayant d'autre choix, l'envoie à Paris, au chef de cabinet du ministre des Colonies !

Commence alors l'attente angoissante de la réponse.

Il a déployé toute son ingéniosité et sa connaissance du droit pour transformer le drame en « regrettable accident aux multiples circonstances atténuantes ».

Mais il le sait, là-bas, chez les Blancs, la loi n'est pas la même !

« Vérité en deçà des Pyrénées, mensonge au-delà… »

Les jours passent… Mamadou, le plus gentil des hommes et le meilleur des jardiniers, hurle les poings accrochés à ses grilles : « Pourquoi… pourquoi ? Elles sont pas bonnes, mes salades ? »

Impossible de le calmer.

Alors, toujours rien ? Toujours rien, on attend toujours.

Réunie autour du jeune administrateur, la famille au grand complet retient son souffle puis pousse des gémissements de plus en plus incontrôlés jusqu'à éclater en sanglots.

Enfin, tombe la sentence. Elle est implacable :

« Pourvoi rejeté. Prisonnier Mamadou condamné à mort. Exécution immédiate. »

Au milieu de la nuit, en catimini, à la seule lueur des étoiles, mon père se faufile jusqu'à la prison. Dans sa guérite, le gardien s'est assoupi. Il l'espérait, s'en doutait. Il s'accroupit devant lui, lui détache précautionneusement, comme un voleur, le trousseau de clefs qu'il porte autour de la ceinture puis s'approche à pas de loup de la cellule.

À peine voit-il le visage de Mamadou qu'avec l'index sur la bouche, il fait le geste du silence.

Il tourne la clef tout doucement, s'arrête, reprend.

La porte grince à peine, il se retourne, tout va bien.

Le gardien ronfle paisiblement.

À part ça, pas un bruit, pas âme qui vive.

Il replace son index devant sa bouche, prend le prisonnier par le bras, le tire doucement à lui en le tenant fortement.

Cette fois, Mamadou est totalement passif, tel un enfant résigné. Il se laisse faire sans comprendre encore ce qui lui arrive. En longeant les murs où leurs ombres les suivent puis à travers champs et sur le chemin de terre où ils avancent courbés, il le tient toujours en le conduisant jusqu'au fleuve. Mamadou tremble de plus en plus sur ses jambes. Il le soutient maintenant par le coude, puis le fait grimper sur une pirogue qu'il a négociée à un pêcheur. Elle est amarrée comme prévu, dans une petite anse plus sombre que les autres : « Tu es le meilleur jardinier du pays et je vais te regretter beaucoup. Mais maintenant il faut que tu me promettes une chose : quoi qu'il arrive, ne reviens plus jamais ici. Tu m'entends, plus jamais ! »

Rien ne bouge, il n'y a que le clapot des vaguelettes sur la berge et la tristesse qui s'installe.

Silencieusement toujours, Mamadou s'est assis sur le banc au milieu de la pirogue. Il regarde son patron une dernière fois de ses yeux écarquillés, mouillés de larmes. Lui aussi le regarde.

Puis, d'un coup de pied sec, il pousse la pirogue qui, emportée par le courant, disparaît lentement dans la brume du Niger.

Le lendemain matin, à l'aube, seul à son bureau, il prend sa plume.

Envoie son télégramme au ministère : « Prisonnier Mamadou évadé… »

IX

Rescapé de l'Afrique noire où il a passé plus de dix années de sa vie, l'administrateur Baron vient d'être nommé, cette fois, sur les bords du plus sacré des fleuves.

Avant de devenir une banlieue lointaine de Calcutta, Chandernagor était, avec Pondichéry, des Comptoirs de l'Inde, le plus poétique sans doute, le plus séduisant aussi en raison de la richesse culturelle du Bengale, de la beauté naturelle de son site dans une boucle du Gange.

Chandernagor, avec un nom comme ça…

Il est aux anges : aux anges sur le Gange ! Il aime les poètes bengalis, notamment Rabindranath Tagore dont il a retenu, lui qui s'est toujours moqué des qu'en-dira-t-on :

La rivière se soucie-t-elle de son écume ?
La renommée, c'est l'écume de la rivière du temps.

L'administrateur de Chandernagor en 1940-1941.

Et Aurobindo qu'il ne connaît pas encore, dont l'itinéraire et la pensée l'attirent et l'intriguent à la fois. Il a été séduit par le surhomme nietzschéen, mais quel est donc cet homme « supramental » dont parle le sage bengali ?

L'Inde est un monde qui l'enchante, « immense et pavoisé » comme dans son poème, le navire de Desnos perdu dans les glaces.

Un monde où il se sent étrangement à l'aise alors que toutes les valeurs qu'il pensait acquises sont mises à l'épreuve, rudement.

Un monde à l'envers, sans doute le plus dépaysant de tous où, lorsqu'on croit comprendre, saisir, toucher du

L'état-major du Gouverneur entre 1945 et 1949.

doigt, on se heurte à l'intangible. Un monde grouillant de bruit et de fureur mais qui s'inscrit dans une autre mesure du temps. Un monde, enfin, où les gens qui passent dans la rue sont les mêmes, depuis mille ans, que ceux qui ornent les fresques des temples, où le mendiant le plus scrofuleux sait que la vie n'est qu'un passage et que les dieux font le reste…

Depuis Saint-Julien-le-Pauvre et le Café Cyrano, il est aux aguets lorsque frappe à sa porte la promesse d'une nouvelle aventure.

Hasard ou destin, elle ne va pas se faire attendre.

En cette fin de printemps, le degré d'hygrométrie est insoutenable dans le delta. Les Blancs sous leurs casques coloniaux transpirent à grosses gouttes.

Accablé, on se pose et on tente d'écouter des nouvelles qui viennent de l'autre bout du monde. Les fils et les antennes qui relient le poste de radio de l'administrateur se détachent sur les toits des maisons de Chandernagor. Le poste crépite et crépite encore.

Mon père tend l'oreille. C'est la BBC, l'instant est fatidique.

C'est l'Appel du général de Gaulle.

Nous sommes le 18 juin 1940.

À partir de là, les événements s'enchaînent.

Il répond aussitôt en des termes bien à lui, qu'approximativement je reconstitue :

DE TOUT CŒUR AVEC VOUS, MON GÉNÉRAL. STOP.
DANS L'ATTENTE DE VOS CONSIGNES. STOP…
L'ADMINISTRATEUR DES COLONIES À CHANDERNAGOR.

Ce télégramme de ralliement sera, aux dires de Jean Lacouture, son biographe le plus célèbre, le premier que recevra d'un Français de l'étranger le général de Gaulle à Londres ; faisant de lui, me dira-t-il, le premier gaulliste historique.

Le document reste, hélas, à ce jour introuvable. Il a, d'après la Fondation Charles de Gaulle, plusieurs fois consultée, très probablement disparu au milieu d'un grand nombre d'archives de la France libre que transportait un navire coulé par une de ces bavures tragiques d'un bombardement allié, entre Londres et Alger…

De fait, Baron, nouvel administrateur de Chandernagor, participe de façon décisive au ralliement des cinq comptoirs de l'Inde française : son Gouverneur Bonvin dont il s'est gardé de demander l'avis mais qu'il saura convaincre, mettra quelque temps à suivre son exemple !

Aléa de l'histoire pour ne pas dire injustice ; la hiérarchie administrative, apparemment, faisant loi, c'est lui, le Gouverneur, qui sera élevé à la distinction suprême : l'ordre des Compagnons de la Libération.

Et Baron recevra la médaille de la Résistance avec rosette qui fera néanmoins sa fierté…

En attendant, notre administrateur, paré pour affronter l'Histoire avec un grand H, attend les consignes du Général qui lui demandera… de rester pour le moment à son poste !

Il piaffe d'impatience durant quelques mois mais les événements à nouveau s'accélèrent.

Début 1941, il est nommé par De Gaulle délégué général de la France libre pour tout l'Extrême-Orient.

Il fait ses valises pour Singapour…

Sa mission consiste à organiser et à coordonner l'action des Français libres et à rallier les autres depuis sa base d'où il leur parle tous les jours à la radio, jusqu'à Shanghai, Hong Kong, Batavia, Manille, Bangkok…

Tous les jours ou presque, par ses allocutions à la radio, il transmet des messages, divulgue des informations plus ou moins codées, encourage la Résistance…

Puis, porté par le sentiment du devoir accompli, il ira siroter un « gimlet » dans les jardins du Raffles, le vieil hôtel anglais, havre de paix dans sa blancheur immaculée et son jardin taillé au sécateur, tout en bas d'Orchard Road. Il se souvient d'être tombé, par le plus grand des hasards, lors d'un déplacement à Hong Kong, sur un colosse en battle-dress, barbu et massif, portant sur l'épaulette l'étiquette verte des correspondants de guerre : c'est Hemingway.

Malgré sa stature d'athlète, il était là, incognito parmi tant d'autres, assis sur un tabouret, devant sa bière, à ce qui était alors connu pour être le plus long bar du monde…

Et qui l'interpella comme s'ils s'étaient quittés la veille : « Hello, Baron, comment va Masson ? »

Les souvenirs ressurgirent et la nuit s'éclaira.

Bien qu'ils ne fussent jamais très liés, ils avaient aimé les mêmes peintres, les mêmes poètes et participé ensemble à quelques nuits ardentes de Montparnasse avec Giacometti notamment…

Et pendant qu'ils boivent à la santé de leurs amis lointains, les nouvelles de la guerre déferlent, les dépêches tombent sur les téléscripteurs : le 7 décembre 1941, dans une attaque surprise fulgurante, les Japonais larguent un déluge de bombes, clouant sur place la flotte américaine de Pearl Harbour.

Tournant décisif qui oblige les Américains, jusque-là pour le moins réticents, à mobiliser leurs troupes : ils entrent à leur tour dans ce conflit mondial.

Deux mois plus tard exactement, dans le port de Singapour, c'est la panique. Les Japonais sont à la porte. Des hordes affolées s'agglutinent sur les quais avec leurs ballots, leurs valises. Ils n'ont plus qu'une idée en tête : déguerpir le plus vite possible. N'importe où vers l'ouest ou ailleurs. Les carrioles des coolies, pour la plupart indiens et malais, s'entrechoquent avec ceux qui, pieds nus, portent des monceaux sur leur dos comme sur ces photos anciennes où ils débarquent les paquebots des Messageries maritimes.

Brouhaha terrible de ces voitures bloquées dans des bouchons sans fin, qui n'en finissent pas de klaxonner, hennissements des chevaux tirant des charrettes bondées, qui se cabrent. Les chiens aussi se mettent à aboyer. Et les enfants s'accrochent à leur mère, tandis que les pères courent de droite et de gauche, sortant de leurs poches des liasses de billets pour monnayer le départ de leur famille sur des embarcations de fortune.

Au milieu de cette foule hétéroclite, hirsute, le délégué de la France libre qui a reçu, lui aussi, l'ordre de partir, porte son panama et son costume de coton grège qu'il s'était fait faire chez un tailleur anglais de Calcutta quand il occupait le poste à Chandernagor. Il tient sur ses jambes, mais tout juste. Il est pâle comme la mort à laquelle il vient d'échapper.

Il a l'air tout droit sorti d'un roman de Marguerite Duras, dans le genre « boucle du Mékong »…

Après ce qui vient de lui arriver, il est fataliste, voire confiant. Il s'efforce de rester calme, attendant qu'une occasion se présente.

Et la voici, tandis que la panique redouble.

C'est, lui dit-on, la dernière embarcation possible, un lourd caboteur équipé pour la pêche côtière. Le capitaine est indien, qui décide de braver les éléments jusqu'à Batavia, l'ancienne Jakarta.

Les femmes et les enfants d'abord ; il est chargé jusqu'à ras bord.

Bon an mal an, il largue les amarres, tient son cap et, dieu merci, le courant habituel est, ce jour-là, très faible. Mais lorsque la côte a disparu et que la houle se fait plus forte, il faut s'accrocher sérieusement au bastingage. Qu'importe, on est sauvé pour le moment et on se prend à rêver à la douceur javanaise…

Pourtant l'ennemi est sournois qui se rapproche. Des sous-marins japonais croisent au large et repèrent le frêle esquif qui leur est apparu, point minuscule, sur le cadran des radars.

Toujours accroché, penché sur son bastingage, mon père balaye l'horizon lointain, puis, baissant la tête, son horizon immédiat.

Et là, tout à coup, c'est la stupeur ! Le sillon d'une torpille, droit sur lui, suivie d'une autre. Et d'une autre encore. Cette fois, c'est la fin, la catastrophe ! L'explosion et la noyade assurées.

Les chrétiens se signent, les autres joignent leurs mains ou s'agenouillent pour prier tandis que d'autres encore serrent femmes et enfants dans leur bras ou les lèvent au ciel en hurlant.

Et enfin, les torpilles… Elles glissent en silence, on les voit, elles sont là de plus en plus proches. Elles vont toucher. L'angoisse est à son comble, chacun retient son souffle. Elles passent sous la coque, disparaissent et… ressortent de l'autre côté, intactes, ne laissant derrière elles que leur sillage…

Miracle ! Un vrai miracle mais fruit d'une évidence : Le caboteur est à fond plat, il n'a pas de quille, il est hors d'atteinte !

Cette fois, ils lèvent tous les bras au ciel et s'embrassent.

Et lui, il a toujours eu la baraka !

Escale égyptienne de François Baron, alors délégué de la France libre en Extrême-Orient, 1942.
Il rejoint Londres en provenance de Singapour.

De Batavia, à peine installé, un mois plus tard, ordre ayant été donné, il faudra fuir à nouveau.

Le délégué de la France libre plie bagage, veille au départ de son équipe et de ses archives. Ce n'est plus un caboteur à fond plat, mais un vieux cargo hollandais surchargé qui le débarquera à Colombo d'où, quelques jours plus tard il s'envolera, enfin, pour l'Angleterre.

Dans la vieille valise de cuir éculé où je l'ai découvert des décennies plus tard sous une photo racornie de sa mère, son passeport diplomatique dont la première page se déploie avec tous ses cachets, comme une carte du monde, témoigne des péripéties de son voyage, ponctué des nombreuses escales qui le mèneront jusque sur les bords de la Tamise.

Calcutta, Bombay, Djibouti, Le Caire et l'hôtel Mena House, Alger…

Et Londres, objet de tous ses rêves. Londres comme une terre promise…

Un nouveau défi au cœur de l'action où un petit groupe de Français, de Français libres sur le qui-vive, s'affaire et s'organise avec la folle ambition d'inverser le cours de l'Histoire.

À vingt ans, surréaliste, il voulait chambouler toutes les valeurs bourgeoises et refaire le monde. Vingt ans plus tard, il réalise la justesse de son intuition, se remémorant les consignes lointaines d'André Breton qui le poussèrent à changer d'aventure…

C'est à Londres qu'il en mesurera l'ampleur…

X

Très vite, avec le général de Gaulle, il a l'entretien d'usage des arrivants de marque. Il rend compte de ses états de service et se mêle aussitôt au premier cercle : Schumann, Pleven, Fouchet, Palewski… Il retrouve son vieux copain Jean Oberlé, peintre et illustrateur, qui officie tous les jours à Radio-Londres avec ces premiers mêmes mots qu'il a répétés, lui aussi, au micro de Singapour : « Les Français parlent aux Français… » Et puis : « Jean avait de longues moustaches… » Je répète : « Les chaussettes de l'archiduchesse… »

Il a, cette fois, le sentiment d'être véritablement là où il faut, au bon moment : *hic et nunc.* Mais toujours avec cette réserve qu'on ne manquera pas de lui reprocher, consistant à effleurer les choses, à donner l'impression de ne pas y toucher. Étant entendu qu'il savait fort bien, par ailleurs, saisir la balle au bond et, au gré des circonstances, se faire valoir.

Après son incroyable périple au printemps de 1942 jusqu'à Londres et sa première entrevue avec De Gaulle, qui lui valut les félicitations du Général, saluant son rôle de délégué de la France libre en Extrême-Orient, me raconta-t-il, il en eut une autre, quelques années plus tard.

Lorsque lui rendant compte à nouveau de ses états de service à la veille de la restitution des Comptoirs français de l'Inde, lui énumérant la longue lignée des gouverneurs depuis François Martin, sous Louis XIV, alors qu'il s'appelle lui aussi François, il s'est entendu répondre par le Général, avec ce sens inné des formules qu'on lui connaît : « Eh bien, comme cela, monsieur le Gouverneur, la boucle est bouclée. »

Et je me souviens de l'avoir entendu dire qu'à cette époque, à la suite d'élections subtilement truquées pour accompagner le sens de l'Histoire – il fallait rendre les Comptoirs, les Britanniques ayant déjà quitté l'Inde –, la population de Pondichéry, qui très majoritairement voulait rester française, s'était amassée sur le bord de la route.

Elle a escorté son départ sur des kilomètres, en agitant les mains pour lui dire adieu. Elle a suivi sa voiture pavoisée de son fanion bleu, blanc, rouge, jusqu'à la limite du territoire !

Il faut dire que lors de ses premières fonctions d'inspecteur du travail, il avait élaboré le premier Code du travail qui fut appliqué dans la France d'Outre-mer. Et qu'il fut aussi le premier Gouverneur – tout en étant le dernier – à avoir doté un territoire d'Outre-mer d'un gouvernement confié aux notables du pays, transformant les chefs de service en conseillers des ministres locaux.

Peut-être savait-elle aussi, la foule pondichérienne, qu'en 1941 il avait été condamné à mort par contumace par les autorités de Saïgon aux ordres de Vichy…

Mais revenons à Londres.

Au début de janvier 1943, dans le froid et la neige qui recouvrent la ville, des retrouvailles inattendues et joyeuses :

Tout juste débarqué, Joseph Kessel avec lequel, aux sons des balalaïkas tziganes, il avait bourlingué dans le Paris d'avant-guerre, dans l'effervescence des boîtes russes de Montmartre : Chez Nine, au Caveau caucasien…

Il est escorté de sa compagne d'alors, Germaine Sablon, et de son neveu Maurice Druon, jeune homme alors exalté d'à peine plus de vingt ans, auquel le premier prix de français qu'il vient de décrocher au Concours général a donné des ailes.

Kessel qui, grâce à des passeurs triés sur le volet par son réseau de résistance Carte, a réussi à franchir la zone libre, à traverser les Pyrénées, l'Espagne, le Portugal d'où il s'est embarqué sur un hydravion vers l'Irlande, puis Southampton.

Il vient de passer sous les fourches caudines de Patriotic School, base militaire où le service de contre-espionnage britannique faisait le tri sévère des arrivants : certains d'entre eux pouvant être des espions.

Lui aussi s'est vu convoqué par De Gaulle, dès les premiers jours de son arrivée.

Il est encore sous le choc de cette rencontre.

Alors que, quelques mois plus tôt, l'Armée rouge semblait promise à l'anéantissement et que la bataille de Stalingrad s'engage à peine, il vient d'interroger le Général sur l'avenir de la guerre et s'est entendu répondre ce qu'il me répéta mot pour mot : « Mais mon cher, c'est réglé. C'est gagné… Ce n'est plus qu'une question de formalités… »

« Tu te rends compte, répétait Kessel, encore estomaqué, une question de formalités ! »

Incroyable mais vrai, le Général avait vu juste, tenant pour acquise une victoire plus qu'improbable des Alliés russes.

C'est le grand retournement…

Et cette bataille de Stalingrad marquera la défaite allemande la plus cuisante depuis la destruction de l'armée prussienne par Napoléon à Iéna, en 1806.

Dans le petit hôtel du Surrey où ils ont élu domicile pour quelques jours, Kessel et Druon se sont enfermés pour adapter en français une chanson qui ressemble éton-

Joseph Kessel avec mes parents dans la maison de Biarritz.

*Même lieu,
même époque
1960,
mon père
et mon parrain
Paul Chadourne.*

namment à une vieille et langoureuse mélodie russe. Une de ces mélodies remontant du fond des âges que, dans les villages les plus perdus de la taïga, le peuple slave reconnaît aussitôt avec émotion.

Mais il n'en est rien. C'est le texte qu'Anna Marly, chanteuse russe inspirée, elle aussi résistante, a récemment composé et vient de leur soumettre.

Au milieu d'un nuage de fumée, ils sont attablés l'un en face de l'autre et griffonnent du papier :

Ami, entends-tu le vol noir des corbeaux sur nos plaines ?
Ami, entends-tu les cris sourds du pays qu'on enchaîne ?
Ohé, partisans, ouvriers et paysans, c'est l'alarme.
Ce soir l'ennemi connaîtra le prix du sang et des larmes.

C'est le *Chant des partisans*.

Croisé dans un dîner à Londres quelques jours auparavant, Emmanuel d'Astier de la Vigerie, autre grande figure de l'époque, leur avait suggéré de travailler à un chant susceptible de devenir l'hymne de la Résistance.

Et De Gaulle avait dit à Kessel : « Puisque vous venez de France, écrivez donc un livre à la gloire des FFI (Forces françaises de l'intérieur) et plus si vous pouvez ! »

Il écrira *L'Armée des ombres* dont Jean-Pierre Melville tirera l'un de ses plus beaux films.

Et là, mon dieu, il en faisait un peu plus…

Présent, lui aussi, dans cet hôtel du Surrey, mon père, avec son air goguenard, poussait la porte de temps à autre, me raconta encore Kessel.

Et revenant à la charge, les interpellant à plusieurs reprises : « Alors, vous l'avez fini, votre *Marseillaise* ! »

Et ils riaient de bon cœur.

Lui, le champion des alexandrins, prétendait être intervenu sur quelques rimes…

Ensuite venait toujours l'heure sacro-sainte du premier verre.

On est en Angleterre, on troque la vodka pour le whisky.

« Et toi ? » demande Kessel à mon père, toujours avide d'en savoir davantage.

Alors Baron de raconter à son tour son rendez-vous avec l'Histoire, en reprenant le fil des événements…

XI

Après le 18 juin à Chandernagor, les longs mois dans l'attente des consignes du Général puis les voyages répétés à Manille, Hong Kong, Batavia… il est à nouveau, au petit matin, dans son bureau de Singapour, où il s'affaire sur ses messages codés, ses allocutions, ses discours plus ou moins enflammés au gré de son humeur. Ensuite, il parle une heure durant, dans le poste : « Les Français parlent aux Français… »

Et pendant ce temps, avec une rapidité déconcertante, les armées nippones viennent de lancer une offensive générale :

Les Philippines, le Pacifique sud, la Malaisie où ils tiennent déjà Kuala Lumpur. Ils ont débarqué sur les deux côtes en même temps, à l'est et à l'ouest, et ils ont coulé, grâce à des bombardements en piqués, le cuirassé

Prince of Wales et le croiseur *Repulse*, orgueils de la marine anglaise qui reste atterrée autant qu'humiliée par cette leçon de guerre qu'on lui inflige.

« Le siège de Singapour… Il est impossible que les Japonais se lancent dans une aventure aussi folle ! » avait dit Churchill.

Mais ils avancent plus vite que le soleil levant. On leur a même convoyé et parachuté des bicyclettes par milliers pour encore accélérer le mouvement. C'est ainsi, en pédalant, qu'ils vont descendre la péninsule malaise à travers jungle et plantations d'hévéas.

Le général Percival, commandant de l'armée britannique et du Commonwealth, commence à trembler dans ses galons. Il a déjà subi des affronts, battu en retraite. Et sa brigade indienne a été lamentablement décimée. Il a fait sauter le grand pont qui enjambe le chenal de Johor, reliant le continent à l'île de Singapour où il est maintenant retranché. Il répartit ses troupes, appuyées par des régiments australiens sur les cent kilomètres de côte.

Erreur tragique, erreur fatale…

Le terrible et remarquable général Yamashita de l'armée impériale japonaise a traversé le chenal sans encombre, il est entré dans Singapour comme dans du beurre. Achevant le moral des troupes alliées, la nouvelle se répand comme une traînée de poudre : il a fait massacrer à la baïonnette tous les blessés de l'hôpital Alexandra, y compris les infirmières et les docteurs. Il va bientôt s'emparer des réservoirs d'eau de la ville. La capitulation est proche.

Mon père, toujours délégué de la France libre, continue pendant ce temps d'officier tous les matins à la radio, mais il sait le danger grandissant, d'autant qu'il vient d'apprendre par les Renseignements britanniques qu'étant repéré par l'ennemi, sa tête est mise à prix.

Comment se protéger ?

Il ne dispose d'aucune sécurité, d'aucun garde du corps.

Un jour, comme d'ordinaire, il descend à pied la grande avenue d'Orchard Road en direction de son bureau.

Tout à coup, ses jambes flageolent, se dérobent sous lui.

Il tremble de haut en bas. Pris de convulsions incontrôlables, il vacille et s'effondre, inanimé.

Il reprend conscience, mais, à nouveau, se tord dans tous les sens.

On le transporte d'urgence sur un brancard, puis dans une ambulance.

À son arrivée à l'hôpital, les médecins sont formels : le diagnostic vital laisse peu d'espoir. Alors, ils essayent de parer à la douleur, mais les Japonais ont eu sa peau : la strychnine, ça ne pardonne pas !

On lui casse les dents pour le faire respirer.

« Avec un pied-de-biche », dira-t-il, ne donnant pas dans la litote.

Et on l'intube.

Il faut trois personnes pour le tenir dans un coma à nouveau très agité… Ensuite, c'est le calme plat, complètement plat.

Cette fois, il est considéré comme perdu, bien que son cœur n'ait pas encore lâché.

Les médecins sont formels, la mort clinique est imminente.

Et ce n'est pas « le linceul de pourpre où dorment les dieux morts » d'Ernest Renan, mais un drapeau français sur lequel « j'aurais aimé qu'on eût cousu une croix de Lorraine », me dit-il, que l'on est allé chercher pour recouvrir son corps.

Il n'a pas vu le fameux couloir qui débouche sur l'océan de lumière d'un autre monde, dont témoignent les rescapés de cette expérience dite de mort imminente (EMI). Mais c'est tout comme.

Et puis. Et puis…

Le lendemain, contre toute attente, il se réveille !

Il est groggy. Il faut deux infirmières pour le tenir debout.

Mais plus de fièvre. Et plus de douleur aucune…

Les symptômes ont disparu, totalement disparu !

« Comment est-ce possible ? » demande Kessel, qui connaît les effets de la strychnine pour s'être vu confier une de ces fameuses pilules lors de ses missions nocturnes particulièrement hasardeuses de reconnaissance aérienne dans le ciel de France.

« Je ne vois qu'une explication, répond mon père. Je sortais d'une fumerie d'opium.

— Et alors ?

— Alors, l'opium a joué son rôle de contrepoison de la strychnine !

— Sacré François ! Tu nous épateras toujours… »

Kessel saisit son verre, ils trinquent fortement.

XII

Vingt-cinq ans plus tard, en Mai 68, alors que le temps passé avait posé son crêpe sur le souvenir de mon premier voyage en Inde, il a ressurgi subitement dans ma mémoire.

De fait, je n'avais jamais oublié ce qui s'était passé pour moi, dans cet endroit du monde.

Cette image indélébile : mon père aux pieds de la Mère…

Défiant toute logique apparente, ébranlé que j'étais par les fameux « événements », j'avais décidé d'aller passer mon bac au lycée français de Pondichéry tandis que tout se présentait au mieux, pour moi, dans le fleuron des lycées parisiens.

Piqué par dieu sait quelle mouche – à l'exception de la tsé-tsé, bien sûr –, j'ai voulu subitement tourner une page, partir à mon tour à l'aventure, me mettre à l'épreuve sur de nouveaux territoires…

Au lieu de me dire : « Passe ton bac d'abord, après on verra… », – ce qu'à l'évidence, j'eus fait à leur place – mes parents ne m'ont opposé aucune résistance. Bien au contraire.

Fut-ce sous l'effet du laxisme environnant ou bien d'une largesse d'esprit tout à fait remarquable ? Allez savoir ! Ils m'ont laissé la bride sur le cou, sans poser de question.

Je m'en étonne encore…

À l'affût de formules décapantes, j'avais découvert Nietzsche, le plus poète des philosophes, retrouvé sur un mur de la Sorbonne : « Il faut qu'il y ait encore en l'homme un chaos pour qu'il puisse mettre au monde une étoile dansante ! »

Cette phrase tombait à pic qui me poussait à bouleverser l'ordre des choses. Elle était faite pour moi, et dans ma candeur adolescente, je m'étais mis en tête de jeter un pont entre la pensée d'Aurobindo et celle de Nietzsche chez lequel j'avais trouvé aussi cette formule prophétique : « Ce qu'il y a de grand en l'homme, c'est qu'il est un pont et non un but, un pont tendu entre la bête et le surhumain. »

C'est exactement ça, me dis-je, il suffit de changer un mot et l'on rejoint Aurobindo : il suffit de remplacer surhumain par « supramental », cette force divine et cosmique censée nous aider à passer de l'*Homo sapiens sapiens* que nous sommes au stade prochain de notre évolution…

Après Mai 68, deuxième séjour en Inde, j'ai dix-sept ans.

La classe de philo au lycée français de Pondichéry, 1968-1969. Les professeurs assis et moi en haut.

J'avais gardé en tête ce précepte qui constitue un des fondements de sa pensée, la matrice de ce qu'il nommera son « yoga intégral ».

J'ai caressé cette chimère des années durant…

En attendant, c'est donc Nietzsche qui m'a ramené dans ce pays, pour moi toujours magique, à la faveur du grand chambardement soixante-huitard. Mes amis d'alors, mes « camarades de lutte » m'avaient pris pour un fou. Pire, pour un lâcheur qui abandonnait la lutte des classes au profit de fantasmes exotico-mystiques.

À la sortie du lycée, rue Saint Jacques, alors que notre préoccupation majeure se bornait à la contemplation de jeunes filles se prélassant dans les jardins du Luxembourg, légèrement dénudées par un printemps particulièrement clément, je me suis retrouvé avec un pavé dans la main qui bouleversa mon itinéraire habituel.

Emporté par le flot et saisi d'une ferveur nouvelle, j'avais contribué modestement mais hardiment à la construction des barricades de la rue Gay-Lussac en chantant : « C'est la lutte finale… Debout les damnés de la terre… Nous ne sommes rien, soyons tout… »

Et lancé toutes sortes de projectiles à la tête des agents de police encore en capeline, avant l'arrivée des CRS dont les gaz lacrymogènes nous condamnaient piteusement à battre en retraite.

À Pondichéry, un autre monde m'attendait.

Une année savoureuse, aussi surprenante qu'enrichissante.

À peine avais-je mis un pied dans le lycée français si paisible avec ses bâtisses et colonnades du XVIIIe et sa cour d'entrée ornée de fleurs grimpantes et de plantes entremêlées, que je fus convoqué d'office chez le proviseur. Il ne mâcha pas ses mots, m'interrogeant en tous sens, redoutant que je ne fusse envoyé par Cohn-Bendit pour flanquer la pagaille dans son établissement. J'ai fait de mon mieux pour le rassurer et bientôt les pions du lycée s'adressèrent à moi avec une déférence excessive, due aux anciennes fonctions paternelles, je suppose…

Autant que possible, je jouais le jeu.

Nous entrions dans la classe au signal des professeurs, en rang par deux, les garçons d'un côté, les filles de l'autre. La règle voulait qu'elles occupassent les premiers rangs ; nous nous installions derrière, à notre guise. Je me glissais au plus près d'elles, car c'était un délice de sentir tous les matins les effluves du jasmin qu'elles épinglaient dans la masse noire et luisante de leur chevelure tamoule, impeccablement tressée.

Un jour, assagi mais enfin… Dieu sait quelle nouvelle mouche m'avait piqué, j'ai jeté la paire de sandales de mon voisin dont j'avais testé le sens de l'humour par la fenêtre. C'était enfantin et stupide, mais bon, le démon du potache m'avait repris. Un peu d'ambiance, que diable !

La sentence fut implacable : le dimanche suivant, deux heures de colle. La punition était épinglée sur ma table, qui m'ordonnait de recopier ma dernière leçon de géographie !

Après mûre réflexion, conservant mon sérieux, j'ai sagement levé le doigt, demandé la permission de m'absenter un instant et suis descendu dans le bureau du censeur auquel, du bout des lèvres, j'ai laissé entendre que, pour un élève de terminale, tout de même…

« Bon, bon, dit-il, un peu gêné, conjuguez-moi à tous les temps : coudre, moudre et résoudre ! »

Respectueusement, à reculons, je suis ressorti en me disant que j'étais loin du Quartier latin et de ses élans révolutionnaires, pour le meilleur et pour le pire.

Pour le meilleur, bien sûr.

La vie indolente des tropiques suivait son cours, ponctuée de baignades dans l'océan Indien, de parties de tennis au Cercle français où j'avais été admis en tant que fils d'ancien Gouverneur, nonobstant mes accointances connues avec l'ashram que les honorables membres, triés sur le volet, ne portaient pas dans leur cœur. En short et pieds nus, des « boys » aux petits soins se chargeaient de ramasser nos balles et de nous les donner pour servir…

Une vie également ponctuée par des immersions de plus en plus régulières de l'autre côté du canal qui la délimite, dans la fameuse ville « noire » indienne. À l'Indian Coffee

House, l'incontournable bistrot de la rue Nehru, plaque tournante des vieux autochtones jouant aux dés, à la belote, les premiers hippies de passage, un peu trop voyants mais noyés dans la masse, se racontaient leurs périples en se roulant discrètement sous les tables des joints que l'assemblée, affairée à ses jeux, feignait d'ignorer.

Plus haut dans la même rue, s'étendait le bazar, vaste marché à demi couvert, multicolore et grouillant sous le tintamarre des transistors à tue-tête, avec ses myriades d'échoppes à touche-touche où bien peu de « Blancs » s'aventuraient à l'époque.

Des grappes d'enfants me sautaient dessus pour m'entraîner dans leurs jeux, agrippant ma chemise, puis avec un grand sourire, pour une obole : « *Païsa, païsa*, missié ! » Il en fallait dix pour faire une roupie, laquelle valait cinquante centimes de nos anciens francs.

Dans cet univers bariolé, se chevauchaient les odeurs les plus folles : celles des milliers de poissons dont certains frétillaient encore, les viandes crues et séchées, posées en vrac ou suspendues à des fils, régulièrement éventées pour écarter les mouches, les mangues en pyramide à l'entrée des étals, les épices en cônes alignés : safran, cardamome et curcuma, les colliers suspendus d'œillets d'Inde et de jasmin, les bouquets débordant de tubéreuses…

Pondichéry, c'était aussi des discussions sans fin avec Jean Deloche, pilier de l'École française d'Extrême-Orient, exégète incontesté des temples de Tanjore dont il avait été le premier à établir les plans détaillés.

La discussion glissait ensuite sur les sculptures Chola et Vijayanagar, les deux grandes civilisations de l'Inde dravidienne…

Et puis, le festival des vieux films français à l'Alliance, du *Quai des Brumes* aux *Enfants du paradis*, sous le lent balayage des ventilateurs aux pâles de bois :

« T'as d'beaux yeux, tu sais… »

« Atmosphère, atmosphère, est-ce que j'ai une gueule d'atmosphère ? »

« Paris est tout petit pour des gens qui s'aiment comme nous d'un aussi grand amour… »

Le souvenir le plus prégnant restant celui d'un film projeté au *playground*, le terrain de jeu de l'ashram qui se transformait, à la tombée du jour, en lieu de méditation pour quelques disciples qui se retrouvaient au milieu des enfants de l'école.

Nous étions assis par terre ou sur de vagues coussins. Ils avaient tiré, ce soir-là, des câbles sur le sable et installé de part et d'autre, des enceintes stéréo sous un écran géant qui se détachait sur le ciel.

Le film projeté était : *2001, l'odyssée de l'espace* de Stanley Kubrick. Le ciel bourré d'étoiles était le cadre immense qui prolongeait le film…

Il y eut aussi, à la faveur des vacances de Noël, une échappée vers Katmandou.

Escale à Calcutta, changement d'avion. Un coucou particulièrement sensible aux trous d'air me valut, à la traversée des nuages, la découverte panoramique des sommets enneigés de l'Himalaya, dans la cabine de pilotage où un steward bien intentionné m'avait fait accepter.

À l'arrivée, autre découverte :

Sur la place principale bordée de vieilles maisons ornées de balcons en bois sombre mais fleuris, dans cette capitale qui ressemblait à une petite ville de province, se dressaient au beau milieu des légumes du marché, enveloppés dans leurs feuilles de maïs, des pains entiers de cette herbe qui fait rire.

J'ai sillonné les rues à vélo, m'esclaffant sur mon guidon à la vue d'un paysan pédalant en sens inverse, sur son vélo lui aussi, où il avait installé entre ses bras, sur la barre transversale, dans la position habituelle des épouses, son veau assis en amazone.

À Pondichéry, il y eut enfin et surtout, cette année-là, la ferveur de tous ces jeunes, déboulant des quatre coins du monde pour venir construire, à quelques kilomètres au nord de la ville, le long de la mer, sur une terre aride et rouge, ce qui se voulait être et se veut toujours « le laboratoire de l'évolution humaine », selon l'expression de mon père aujourd'hui consacrée.

C'était Auroville à peine balbutiante...

Auroville, la ville de l'aurore. Plus qu'une idée, une volonté de la Mère qui y mit son énergie, son pouvoir : un lieu destiné à donner corps à la pensée du « grand Sri » en y faisant descendre « une nouvelle conscience dans la matière » grâce à la fameuse force « supramentale », telle que décrite par le maître. Un projet, un rêve très ambitieux, aussitôt soutenu par l'UNESCO et la revue *Planète* de Louis Pauwels, dont la Mère lut à haute voix la charte le jour de son inauguration, le 28 février 1968, et qui s'achève par ces mots : « ... Auroville veut être le pont entre le passé et l'avenir. Auroville sera le lieu des recherches matérielles et spirituelles pour donner un corps vivant à une unité humaine concrète. »

Quelques jours plus tard, elle adressera aux Aurovilliens une lettre dont la force comme la simplicité, se passe de commentaires : « Je vous convie à la grande aventure. Il s'agit d'une création nouvelle, entièrement nouvelle, avec tout ce qu'elle comporte d'imprévus, de risques, d'aléas. Une vraie aventure, dont le but est une victoire certaine mais dont la route est inconnue, qui doit être tracée, pas à pas, dans l'inexploré.

Si ça vous intéresse, eh bien, on s'embarque.

Ce qui vous arrivera demain, je n'en sais rien.

Il faut laisser de côté tout ce que l'on a prévu, tout ce que l'on a combiné, tout ce que l'on a bâti.

Et puis, se mettre en marche dans l'inconnu.

Et advienne que pourra. »

XIII

Cette année 1969 fut décisive à plus d'un égard.

C'est cette année-là que j'ai revu la Mère à plusieurs reprises et la première fois le jour de mes dix-huit ans, car ce jour anniversaire de la naissance est, dans la tradition de l'Inde, auréolé d'une ouverture spirituelle particulière. Elle avait donc décidé de recevoir les gens qui lui en faisaient la demande à cette occasion.

On lui glissait un mot. Pavitra n'étant plus là, je passais par sa petite fille Purna, laquelle était venue avec mon père nous chercher quelque dix ans plus tôt à l'aéroport de Madras, et qui lui transmettait.

Cette fois, j'étais seul en face de la Mère.

Elle avait quatre-vingt-onze ans et se souvenait bien de moi, me dit-elle. Avec un grand sourire, elle m'a tendu une enveloppe bleue d'un papier épais que j'ai tout de suite

La photo dédicacée à mon père de Mirra Alfassa, la Mère de l'ashram de Pondichéry, dans les années 1930 : « À mon vrai fils. » (Photo de 1906, au Japon)

reconnu. Il venait de la papeterie de l'ashram où j'avais appris à en faire de semblables à partir de petits bouts de tissu répartis sur des tamis qu'on plongeait plusieurs fois dans l'eau avant de les faire sécher, puis presser.

Et dans cette enveloppe se trouvait le collage d'un paon multicolore avec de vraies plumes collées et quelques mots de sa main tremblante mais d'une belle écriture surannée, remontant à l'époque où l'on apprenait aux enfants à faire des pleins et des déliés : « Pour Jean-Marie, pour ses dix-huit ans, avec mes bénédictions… »

Elle a posé son regard sur moi comme lorsque j'avais dix ans.

Et, cette fois, tout s'est arrêté. Un silence plein. L'impression d'être transporté dans un monde hors espace-temps.

En fait, ce ne furent que de longues minutes vécues comme traversées par un courant, une force qui me disait la nécessité de lâcher prise, de laisser faire… Comme si mon destin était pris en main, tracé ; comme si, là-haut ou ici-bas, elle veillait sur lui, sur moi !

État de plénitude – y a-t-il d'autres mots ? Je peux dire seulement cette sensation de bien-être profond, d'être investi d'une dimension nouvelle, d'une infinitude…

Et d'une d'harmonie très douce qui écarte le doute, la moindre peur.

Une harmonie qui laisse libre cours à tout ce qui se présente et, par conséquent, donne des ailes…

Sur le chemin du retour, à vélo, dans les rues de la ville, j'ai pédalé au ralenti en cherchant l'ombre de cette fin d'après midi.

Je ne savais plus où j'allais mais tout à coup s'est imposé très fort le désir de partager cette émotion calme qui m'envahissait avec mon fameux cousin Satprem.

À l'époque déjà, il se protégeait des sollicitations trop nombreuses, ne souhaitant pas être dérangé dans son travail.

Néanmoins, je suis passé le voir à l'improviste.

Installé à son bureau, une planche sur deux tréteaux, il était, comme toujours, concentré sur ses écritures.

Mais en me voyant arriver, comprenant sur l'instant l'état dans lequel je me trouvais, il a quitté sa chaise, m'a invité à m'asseoir à ses côtés sur des coussins par terre.

Nous sommes restés longtemps, les jambes croisées, dans un silence que seul troublait l'éternel croassement des corbeaux de l'Inde.

En me raccompagnant à la porte, il m'a glissé sur le ton du secret : « Sri Aurobindo était avec nous ! » Et juste avant qu'on ne se quitte : « Tu sais, ce qui t'est arrivé avec Mère, c'est comme une brèche ouverte sur le nouveau monde. Tu pourras toujours la recouvrir, mais jamais elle ne se refermera… »

J'ai repris mon vélo, fait le tour de la ville par le boulevard extérieur. Puis, je suis retourné dans ma chambre et me suis allongé sur mon lit. Je suis resté là, immobile, pour conserver en moi et faire perdurer le plus longtemps possible cette sensation nouvelle, indescriptible et merveilleuse.

Dans les années qui suivirent, mon esprit rebelle a pris des distances et remis beaucoup de choses en cause. Il en est une essentielle, que j'ai fini par admettre : peu importaient le décorum, la mise en scène, l'autosuggestion, ma sensibilité sans doute à fleur de peau. La seule chose importante, au bout du compte, était ce qui, en moi, s'était vraiment passé.

Et je crois pouvoir dire : ce que j'ai vécu ce jour-là est ce qui s'appelle, tout simplement, un changement de plan de conscience.

Les mois qui venaient de s'écouler m'avaient donc enrichi de bien des expériences. Les unes légères, d'autres plus profondes qui m'obligeaient à chercher le sens que je voulais donner à ma vie, ce qu'il en était de mon désir réel, celui qu'à cet âge on a du mal à définir…

Mes yeux s'étaient ouverts sur des champs plus vastes comme je l'avais confusément souhaité et pressenti.

Et l'heure avait sonné qui m'acculait à un vrai choix, à une décision qui engagerait mon avenir.

L'emprise de l'Inde était forte dans laquelle j'étais tombé, si je puis dire, de mon berceau, suivant les traces de mon père. Cette Inde où je m'imaginais, tour à tour, mendiant de temple en temple dans un parcours initiatique, faisant le tour de Ceylan par les plages… ou plus raisonnablement dans cette vie réglée au cordeau des disciples de l'ashram. Ou encore dans l'expérience communautaire des pionniers d'Auroville.

Toutes ces projections, ces rêves tournoyaient dans ma tête mais il me manquait toujours quelque chose.

Finalement, le choix du retour en France s'imposa dans l'idée d'entreprendre des études d'architecture pour revenir, plus tard, construire Auroville qui avait « grand besoin de compétences », insistait Satprem.

Le sort, les circonstances en décideraient autrement. En attendant, ma décision était prise.

Je me ralliais à Du Bellay :

Heureux qui comme Ulysse, a fait un beau voyage
[…]
Et puis s'est retourné, plein d'usage et raison
Vivre entre ses parents le reste de son âge…

De l'Inde jusqu'en Europe, j'allais rentrer chez moi sac au dos, par la route…

XIV

La proximité si fraternelle et profonde qui existait entre mon père et Satprem, m'amène à en dire davantage sur le parcours hors du commun de cet homme.

Quelques années plus tard, j'ai tenu à le revoir n'ayant jamais oublié quelques-unes de ses paroles qui continuaient de trotter dans ma tête :

« Ce qui t'est arrivé avec Mère, c'est comme une brèche… »

J'ouvre donc une parenthèse, celle qui a conduit à nos retrouvailles. Sans doute avais-je tourné la page d'une adolescence prolongée.

Tandis que mes amis poursuivaient des études dans l'air du temps, du genre psycho-socio, j'avais donc entamé une année d'architecture aux Beaux-Arts dans cette idée persistante de retourner participer à la construction d'Auroville. Mais l'effervescence du moment avait banni toute possibilité d'étude sérieuse. L'architecture était passée à la trappe au profit de meetings incessants, d'entraînements de karaté et d'une production massive d'affiches sérigraphiées :

« À bas la vermine fasciste »

« La chienlit c'est lui »

« Sous les pavés, la plage »

« Femme rouge toujours plus belle »...

Jonglant entre les sagesses de l'Orient et la dictature du prolétariat, j'avais aussi fondé, dans un élan révolutionnaire, un mouvement dont l'oxymore de l'intitulé en disait long sur ma volonté disparate de concilier les contraires : « Le Matérialisme céleste ». Un grand n'importe quoi sympathique dont je ne fus jamais que le seul membre. Et pour cause !

Après avoir expérimenté l'aventure de l'Orient et toutes sortes de méditations, j'avais en tête que l'aventure de l'Occident passait désormais par la psychanalyse. Ce chemin semé d'embûches, sans garantie aucune où, enthousiaste, je me jetai : aux palimpsestes de la mémoire s'ajoutaient les mystères de l'inconnu.

Ne souffrant d'aucun mal apparent sinon d'une légère cyclothymie – comme dit le groom dans l'ascenseur : dans la vie il y a des hauts et des bas – ni d'aucune peur si manifeste qu'elle m'empêchât de vivre, je n'étais porté que par une curiosité presque maniaque, un appétit de découvertes. Mais le rythme bientôt soutenu de mes séances, certaines intenses et loquaces, d'autres plus silencieuses et sereines, m'amena à comprendre assez vite que je faisais fausse route. J'avais tort de vivre sur le mode de la raison raisonnante cette confrontation qui n'en était pas vraiment une, puisque la présence dissimulée de l'analyste me laissait face à moi-même sur un divan.

Et je m'émerveillai bientôt de cette situation géniale qui, générant l'inattendu, touchait à l'essentiel…

Freud préconisait à ses patients de se mettre dans la position du voyageur dans son wagon qui, regardant par la fenêtre, se laisse imprégner par le défilé du paysage…

Cette simple attitude ouvrait de nouveaux horizons laissant entrevoir cette part d'inconnu qui est le propre de l'aventure : entre les lignes, derrière les mots, un parcours plus périlleux sans doute, mais aussi plus exaltant.

Après le « supramental », l'inconscient !

« Cette parole tordue d'erreurs et de désirs que profère l'autre, devin de moi-même et dans laquelle il me faut trouver mon propre désir d'être. »

Ce bon vieux Lacan…

J'aimais l'idée que cela commence quand cela vous échappe, que c'est lorsque l'on a fini de dire tout ce que l'on pensait que l'on avait à dire, que l'on commence à dire…

Bref, ayant fait volte-face après mes rêves de bâtisseur en m'inscrivant en « prépa » au lycée Henri IV, et fort de résultats encourageants mais insuffisants au concours de l'École normale, puis bouclées licence et maîtrise, j'avais très vite embrassé la vie professionnelle du journalisme et les responsabilités parentales.

« Mais la vie sépare ceux qui s'aiment tout doucement sans faire de bruit... » Comme dit Prévert. Et, parfois plus brutalement.

À un premier divorce qui m'avait laminé, s'était ajoutée la récente disparition paternelle. Et l'impression que le destin, jusque-là souriant, s'acharnait sur mon sort.

Une fois surmontés l'abattement, la tristesse, une fois recomposée une existence plus sereine, le désir d'appréhender une autre façon de voir le monde, me reprit.

Dans l'Orient désert, quel devint mon ennui...
(Racine, *Bérénice.)*

En réalité, ce fut, pour moi, tout le contraire. De cet Orient mythique qui alimentait mes rêves, je croyais avoir fait le tour tout en sachant pertinemment, en mon for intérieur, que je me berçais d'illusions.

Mes années d'analyse, par ailleurs fécondes, n'avaient pas étanché ma soif de renouveau. Je restais fasciné par la pensée de l'Inde où les mille facettes de ce que j'avais perçu, se bousculaient encore. De cette Inde si obsédante et confuse, car à l'envers de tout, surgissaient trop de contradictions, de questions sans réponses…

Il me fallait y voir plus clair dans ce capharnaüm, mettre un peu d'ordre dans le cerveau chamboulé du jeune homme que j'étais encore.

Je savais que j'y retournerais un jour… Mais à quelle occasion et où ?

C'est alors que je me suis souvenu aussi du message que m'avait envoyé Satprem :

« Pourquoi ne viendrais-tu pas vivre avec nous l'aventure du nouveau monde ? »

Cet appel devenait tout à coup d'une actualité brûlante.

Je le connaissais de longue date, depuis mon premier voyage à Pondichéry lorsque j'avais dix ans, et l'avais revu fréquemment lors de l'année de mon bac au lycée français.

Dans ce retour indien que j'amorçais vers le cousin lointain, l'image de mon père encore si présente, occupait une place prépondérante.

J'étais avec eux, la dernière fois où les deux hommes s'étaient revus.

C'était dans la petite maison de Saint-Pierre-Quiberon, celle de Lisette, la mère de Satprem, avec son jardin en pente étroite jusqu'à la mer.

Et j'avais surpris le regard du Gouverneur, mouillé par l'émotion que soulevait cette rencontre.

Il y avait eu un instant de grâce dans ce face-à-face, où, une fois l'émotion surpassée, dans un large sourire réciproque, défila le bilan de leurs vies.

Ils ne s'étaient pas revus depuis des décennies. Mais un lien viscéral les unissait, depuis que l'un avait ouvert à l'autre, au lendemain de la guerre, en l'emmenant avec lui en Inde, les portes d'un long cheminement.

Celui de sa nouvelle vie.

Pour l'heure, ma décision était prise.

Satprem était l'homme qu'il me fallait.

Ayant donné ma démission du journal où j'officiais, à mon patron Maurice Siégel que je chérissais pourtant et qui en fut pour le moins surpris, je me suis senti libre comme l'air, cet air chaud et humide de la côte de Coromandel dont les effluves m'envahissaient déjà.

Une fois de plus, j'ai bouclé mon sac et sauté dans le premier avion…

Il avait quitté Pondichéry depuis plusieurs années déjà.

Ainsi, pendant deux mois, de janvier à mars 1981, ai-je vécu à ses côtés dans les montagnes du sud de l'Inde, les Nilgiris, qu'on appelle aussi les montagnes bleues en raison du reflet bleuté des forêts d'eucalyptus qui grimpent sur ses flancs.

Le cousin Satprem chez lui à Kotagiri dans les montagnes bleues du sud de l'Inde.

Et, tous les jours, à heure fixe en fin d'après-midi, nous allions marcher dans la forêt…

À l'origine, il s'appelait Bernard Enginger. Malgré la consonance alsacienne de son patronyme, il était breton et revendiquait son appartenance à sa terre granitique. Et malgré notre différence d'âge, il était mon cousin.

J'allais avoir trente ans et lui soixante.

Satprem était le nom indien que lui avait donné, comme c'était souvent l'usage pour les disciples occidentaux, la Mère de l'ashram.

Le nom sous lequel il signerait ses livres et qui veut dire : celui qui aime vraiment…

À vingt ans, pour fait de Résistance, à force d'arpenter la lande de la presqu'île de Quiberon en transportant dans sa sacoche des messages codés, il est repéré par la Gestapo et déporté à Buchenwald puis Mauthausen…

À la libération des camps, il pèse trente-cinq kilos. Il est encore en vie.

Mais, on l'imagine, physiquement autant que moralement « totalement dévasté ». Ce sont ses mots.

Mon père venant d'être nommé en 1945, Gouverneur de l'Inde française, part s'installer dans ses nouvelles fonctions. Il prend le jeune homme « dévasté » sous son aile et l'entraîne dans l'aventure coloniale ; fait de lui son bras droit, son factotum : « Il fallait le sortir à tout prix d'un désespoir chronique. »

Le jeune Bernard reprend goût à la vie qu'il brûle par les deux bouts. Il a décidé d'en abuser ; que la sienne ne ressemblerait à aucune autre. Il veut franchir les barrières, repousser les limites. Il aime les excès en tous genres jusqu'aux paradis les plus artificiels…

Il assiste mon père dans ses fonctions administratives, prend de l'assurance, se montre zélé, fréquente le Cercle français où l'assemblée des notables, joueurs de tennis et de belote, commente la reconstruction du monde sur les ruines de la guerre. On l'invite dans la « bonne société » dont il fait rapidement le tour. Il s'est étourdi dans la fête, mais bientôt s'envole vers un autre destin.

Il tire un bord, comme il aimait à le dire.

Cette aventure-là ne lui suffit plus. L'appel du grand large le taraude ; celui qui, enfant déjà, le menait sur son frêle esquif, *La Prétentaine*, au-delà du phare de la Teignouse, jusqu'à Houat et Belle-Île.

Il traverse d'abord l'Afrique noire en vendant des dictionnaires pour assurer sa pitance. La famille s'inquiète, on le croit disparu. Il refait surface en Guyane, au Brésil où, armé de son tamis dans le lit des rivières, il cherche de l'or…

« Mais attention, on peut aussi devenir fonctionnaire de la jungle ! » écrira-t-il dans son premier ouvrage : *L'Orpailleur*[1].

Disparu à nouveau, quelques années plus tard, il est devenu *sannyasin*. Il a brûlé tous ses biens et, selon la tradition millénaire, tout jeté dans le feu, jusqu'aux *Illuminations* de Rimbaud qu'il portait toujours dans sa poche. Enveloppé dans un pagne, il est parti à pied avec son écuelle, en mendiant sur les routes de l'Inde…

Il finira sa course ou plutôt en commencera une autre : « La seule et vraie grande aventure, dit-il, en revenant à Pondichéry où il s'installe, cette fois définitivement "aux

1. Éditions du Seuil, 1960.

pieds" de celle qu'il appelle Mère, laquelle préside aux destinées de ce qui fut le plus grand ashram de l'Inde et qu'il ne quittera plus jusqu'à ce qu'elle "quitte son corps". »

Et, dans cette séparation du corps et de l'âme, ce passage obligé, irréversible, sinon pour les hindous qui se réincarnent, il arrive que la pensée de l'Occident rejoigne celle de l'Orient, si l'on songe à Teilhard de Chardin : « Nous ne sommes pas des êtres humains vivant une expérience spirituelle mais des êtres spirituels vivant une expérience humaine. »

Teilhard, le seul prêtre qu'il respecte, lui que l'austère religiosité paternelle a rendu profondément anticlérical.

Un quart de siècle plus tard, ayant écrit nombre de livres mais se refusant à devenir le « gourou » d'Auroville, Satprem ira se réfugier dans les montagnes du sud de l'Inde pour achever son travail, sauvegarder l'essentiel du message dont il se sent le précieux dépositaire et qu'il a consciencieusement recueilli.

C'est la mission de sa vie…

Chaque semaine, durant quinze années, avec une régularité de métronome, au cours d'entretiens en tête à tête, il a pris des notes, questionné, écouté et enregistré la voix de la Mère.

Faisant de lui son confident, elle lui a décrit les certitudes, les doutes, les transformations jour après jour, dont elle était à la fois le sujet et l'objet.

Ce travail titanesque de méticuleuse retranscription a donné naissance à treize volumes diffusés par Robert Laffont : *L'Agenda de Mère.*

La dernière fois que je le vis dans ses montagnes bleues, peu de temps avant qu'il ne nous quitte, il était ingambe mais plus frêle que jamais et son regard si clair et perçant comme le cri des mouettes de Belle-Île qu'il aimait tant, s'était un peu troublé.

Lorsque je lui ai proposé d'entreprendre un récit dialogué où il ferait le point sur là où il en était de son parcours, en cette aube du XXIe siècle, il m'a regardé avec ce léger voile maintenant sur ses yeux. Il m'a répondu avec toute la chaleur dont il était encore capable mais une pointe de tristesse : « J'aimerais, mais tu sais, je ne suis plus interviewable. »

Il repose désormais dans son jardin d'Éden, sous un arbre que le printemps recouvre de fleurs bleues.

Et la parenthèse se referme.

Satprem était et reste l'homme le plus intense que j'aie jamais rencontré.

XV

En cette année 1969, dont nous reprenons le fil, je venais de passer allègrement mon bac et avais donc décidé de rentrer en France par le chemin des écoliers, à pied, à cheval et en voiture…

En réalité, j'avais commencé plutôt luxueusement et venais d'atterrir à l'aéroport de Jaïpur.

L'Inde avait gardé certains pans entiers de son histoire millénaire, telle que l'avait connue mon père. Je n'allais pas tarder à le découvrir.

Sandales et short, baluchon sur le dos, j'attendais mon vieux copain avec une réjouissance teintée d'une légère appréhension.

J'avais rencontré Jagat sur la côte basque. Il avait quelques années de plus que moi et déjà une voiture de sport qu'il manœuvrait avec désinvolture et deux doigts comme Sagan sur la route de Saint-Tropez…Il portait des chemises de lin échancrées volontairement froissées, des cheveux noirs qui tombaient sur ses épaules ou filaient à l'horizontale quand nous roulions à grande vitesse. Il avait aussi plus d'assurance que moi, celle d'un adolescent en passe de devenir un homme qui avait fait le tour du monde des palaces : il vivait à Londres, était indien, qui plus est, le fils du maharadja de Jaipur.

Son charme exotique – il marchait souvent pieds nus comme seul, à l'époque, Lanza Del Vasto dans les rues et les salons parisiens – faisait merveille au Playboy, la boîte branchée de Biarritz peuplée de matadors espagnols en goguette, fuyant l'austérité franquiste.

On s'est tout de suite compris car il n'aimait rien tant que faire la fête.

Chaleur suffocante dans ce désert du Rajasthan et, finalement, apparition de Jagat, en tout point conforme à son image, mais cette fois dans une petite Jaguar reluisante et décapotée, jaune pâle comme le sable alentour. À vive allure, comme à son accoutumée, il prenait un malin plaisir à slalomer entre les chameaux…

Pigeant très vite que mon accoutrement de routard n'était pas à la hauteur de la situation, il a mis l'ensemble de sa garde-robe à ma disposition.

Pantalons bouffants, chemises de soie grège ou bigarrée, pochettes débordantes et quelques colliers ornés de pierres semi-précieuses ou bracelets et gourmettes d'un goût un peu douteux.

Et nous voilà repartis vers de nouvelles aventures…

Il était chez lui partout pour la bonne raison qu'autrefois tout appartenait à sa famille : les rues, les champs, les déserts, les palais… Il ne lui en restait plus qu'un ou deux, peut-être trois : celui où nous dormions, celui de l'autre côté de la ville transformé en palace et le plus fabuleux, celui d'Amber sur les hauteurs des collines avoisinantes où l'on grimpait à dos d'éléphant, abandonné par ses ancêtres à la fin du XVIe siècle par manque d'eau, ses puits venant à tarir…

D'ailleurs tout ça n'avait aucune importance ; ce qui restait de la grandeur passée suffisait amplement à ce qu'on vienne lui toucher les pieds où qu'il entre, en signe d'un respect plusieurs fois centenaire.

Par quelle extravagance le champagne coulait-il à flots et les mets les plus raffinés, décorés de minces feuilles d'argent, nous étaient-ils resservis *ad libitum* ?

Sans parler des adjuvants qui nous permirent de discourir et de rêver sous les étoiles jusqu'au soleil levant…

Toujours est-il qu'au bout d'une semaine d'une débauche où notre santé insolente en fut quelque peu émoussée, mon séjour touchait à sa fin.

Mais c'était sans compter ce que me réservait Jaï, le père de Jagat : le maharadja dont la haute stature était aussi impressionnante que la bonhomie, avait l'élégante simplicité de la parfaite éducation. Comme bien l'on pense, il était le pur produit des écoles anglaises les plus huppées.

Bien que très aimable, plus intimidante était sa femme Aïcha, la maharani, qu'un magazine américain avait classée dans la liste des dix plus belles femmes du monde... Toujours parée de son sautoir de perles fines, son port de tête admirable ornait çà et là les murs et les consoles : portraits de circonstance et photos éternellement souriantes, témoignant de sa vie mondaine – avec la reine d'Angleterre, Lord Mountbatten ou Frank Sinatra...

À cette époque encore, tous les dimanches après-midi, la famille et les amis de passage se retrouvaient pour boire le thé : « *a nice cup of tea* ».

Immense pelouse tondue à la main par une lignée de jardiniers accroupis armés de ciseaux – semblables à ceux qu'utilisaient jadis nos bergers pour tondre leurs moutons – qui s'étend par-delà les portes-fenêtres du grand salon d'apparat jusqu'à la rivière bordée d'arbres pleureurs et de buissons de roses. C'était l'heure bénie où l'air est immobile, où la chaleur a laissé place à la douceur, dans la lumière rasante qui éclaire encore ce paysage d'une harmonie sans failles...

Tout est prêt pour nous recevoir : hormis les lustres de cristal et les portraits des ancêtres, l'intégralité du grand salon d'apparat a été déménagée et reconstituée à l'extérieur, sur la pelouse !

Une escouade de domestiques enturbannés a œuvré à pas de loup, à une vitesse record.

Vision idyllique et somptueuse d'un autre temps…

Sentiment immédiat de vivre un moment de grâce, nettement moins spirituel, celui-là, ultime avatar d'un monde révolu. Et sensation diffuse de vivre quelque chose pour la première et dernière fois.

Je balaye tout du regard : les grands tapis où se promènent des fils d'or, les canapés à l'anglaise, pivoines roses et rouges et feuillage vert sombre avec leurs sièges assortis, les tables basses marquetées et leurs chandeliers d'argent, les consoles de marbre incrusté de pierres semi-précieuses et leurs lampes en opaline. D'autres encore, avec leurs abat-jour à clochettes, et plusieurs écritoires en dos d'âne, de gros poufs de cuir brodé, les deux sofas sur balancier métallique fabriqués à Glasgow, quantité de bouquets de roses et tubéreuses, le lion et l'ours empaillés, des peaux de tigres. Et bien sûr, le thé est servi dans la plus fine des porcelaines anglaises, comme est anglaise aussi, l'argenterie XVIIIe…

Finalement, dit la maharani :

« Tout ce mélange est très "New Radjput style".

— *Very Radjput style, indeed !* »

Quant au maharadja, d'un tempérament plus affable et réservé, il a relancé la conversation en évoquant le plus simplement du monde son sport favori : ses matchs de polo à dos d'éléphant.

J'appris beaucoup de choses ce jour-là sur le caractère de ces pachydermes qui se souviennent de leurs vies antérieures mais, semble-t-il, rechignent à se mettre au galop…

XVI

Après cette incartade dans la splendeur rajput, j'ai poursuivi ma route par des chemins plus scabreux.

Retour dans le monde d'ici-bas, dans la poussière de l'Inde, ses fanfares et ses fragrances, subtiles et capiteuses, de la fleur de jasmin jusqu'à la fange. Avec délice, je me suis fondu dans la masse fourmillante, en perpétuel mouvement. J'ai marché tout le jour, tous les jours, jusqu'à la nuit tombante, et grimpé sur des vélos, des ânes, hélé des voitures, des camions sur le bord des routes, dormi par terre, sur des bancs dans des gares et sauté dans des trains bondés en partance vers le nord. En bus, j'ai grimpé vers le Cachemire, le plus haut possible, par-delà Srinagar, jardins moghols et house-boats…

Traversée du Pakistan : Lahore et Peshawar où des douaniers patibulaires, poignard à la ceinture, ont confisqué mon passeport d'un air sévère et m'ont bouclé dans la cellule grillagée d'un hangar, au prétexte de vérifier mon identité, mes intentions, mon parcours.

Vingt-quatre heures de pénitence où l'esprit bouillonne et divague sur ce qu'en pareille circonstance peut réserver le sort.

L'Afghanistan, enfin…

Au poste-frontière, rencontre d'un personnage en demi-teinte, peu bavard, plutôt chétif et filiforme, aux cheveux flottant sur les épaules, dont le regard bleu et doux contrastait avec l'ambiance tendue du moment. Claude était le fils d'un boulanger du canton de Vaud et, comme moi, regagnait ses pénates. Dans le même camion qui convoyait des poules, nous avons traversé la Khyber Pass, défilé aussi abrupt que grandiose et célèbre où s'illustra plus d'une fois la résistance acharnée des Afghans – ce peuple de guerriers intrépides qui jamais ne fut colonisé – contre l'envahisseur, en nous prenant pour des héros de Kipling avec nos turbans du marché de Peshawar. Nous couvrant les oreilles et le nez, ils nous protégeaient du caquetage et de l'odeur pestilentielle des gallinacés entassés dans des cages de bambou, plus encore de la poussière.

À Kaboul, ville paisible à cette époque, le lieu de rencontre, la halte obligée de cette première vague de hippies en haillons, s'appelait le Bamian Hôtel. La ganja et la morphine étaient en vente libre et dans les couloirs se croisaient des ombres légèrement titubantes au regard éthéré que traversaient, par instants, des éclairs radieux.

Ces ombres silencieuses et troublantes déambulaient comme des fantômes. Et me revient le visage diaphane de cette jeune et belle Américaine dont la chemise roulée sur le coude révélait une aiguille fichée en permanence dans l'avant-bras.

Au bout de deux, trois jours, ayant accompli le tour de la ville : le musée non encore pillé par les occupations barbares, les marchés, les cafés exclusivement remplis d'hommes qui tapaient le carton, quand ils ne lançaient d'une main leurs dés, musclant de l'autre par un geste continu de va-et-vient sur le rebord des tables les cuisses de leurs petits coqs de combat, j'ai proposé à Claude de poursuivre notre route.

Il en était d'accord mais avait disparu.

Je l'ai cherché partout, dans les moindres recoins, mais en vain. Retour dépité à notre hôtel crasseux. La porte de sa chambre était entrouverte et la fenêtre ballante. Des monceaux de linge gisaient sur le sol aux pieds de deux lits défaits et tachés. Et sur le sien, une masse immobile recouverte d'un drap : c'était lui.

Je lui ai découvert la tête, il a respiré profondément, ouvert un œil puis l'autre :

« Ça va ?

— Oui… ça va.

— T'es sûr ?

— Oui, oui, vraiment. »

Longtemps je suis resté à ses côtés, attaché à son regard fixe où il m'était impossible de déceler l'effroi ou la sérénité.

J'ai fini par le secouer, j'ai insisté, insisté lourdement : « Allez, viens, ça suffit ! »

Rien n'y a fait.

Il avait dix ans de plus que moi, un avenir tout tracé dans la boulange, entouré qu'il était par une famille, à ses dires, chaleureuse.

Il s'en est peut-être très bien sorti.

Peut-être est-il devenu le roi des croissants, dans son village…

Après tout, c'était sa vie !

Mais je l'ai laissé là. Et cela reste un remords de la mienne.

Obsédé désormais par l'idée du retour, j'ai repris mon chemin en solitaire, marchant plein ouest avec mon éternel baluchon sur le dos. À la sortie de Kaboul, alors que je ressassais l'abandon de mon ami, un éblouissement soudain : des champs d'amandiers à perte de vue, dont les fleurs venaient à peine d'éclore, me traçaient une voie royale que j'interprétai aussitôt comme un signe du destin me poussant de l'avant.

Ensuite, ce fut comme toujours : pétrolettes déglinguées larguant des nuages de fumée noire, camions brinquebalants sur des pistes si peu fréquentées qu'ils acceptent souvent d'embarquer le routard harassé qui leur fait de grands signes…

Enfin, sous mes yeux, dans la lumière oblique du soleil couchant, apparut la montagne magique de Bâmyân.

Elle est creusée de centaines de grottes qui furent des cellules monastiques où depuis le ve siècle de notre ère, des pèlerins bouddhistes, venus de l'Asie tout entière par cette route – une de celle de la soie –, s'installèrent pour sauver leur âme…

Gigantesque, sur ce plateau désert, cette montagne aux formes arrondies lacérées par l'érosion est adossée aux sommets enneigés de l'Hindou Kouch. Elle semble une irruption magique destinée à devenir le plus imposant des sanctuaires.

Et ses deux plus grands Bouddhas du monde, cinquante-cinq mètres pour l'un, près de quarante pour l'autre, caryatides géantes qui semblent la tenir, lui donnent toute sa sacralité. Taillés à flanc de falaise, verticalement dans la roche escarpée, ils n'ont déjà plus de têtes en 1969, arasées bien avant l'arrivée des talibans qui, depuis, ont achevé de les détruire !

Sur le plateau, en face, la ville ancienne fut, à la croisée des mondes entre l'Inde et la Perse des Sassanides, la capitale d'un royaume florissant, avant d'être rasée au XIIIe siècle par Gengis Khan.

Dans ce qui n'est plus devant moi qu'un village en torchis, balayé à la chaux, les rues sont vides et pas le moindre gîte à l'horizon.

Je suis le seul étranger.

À jeun depuis l'aube, mon estomac crie famine. Alors, dans une échoppe du bazar, seul lieu animé, je me concocte un sandwich avec une grappe de raisins dans une galette de blé. Et je finis par dormir sur le sol terreux d'un garage, chez un vieux paysan qui me lance deux sacs de pommes de terre en guise de couverture. Il faut s'envelopper, la nuit venue, car la température chute d'un seul coup. Quelques degrés, à peine, au-dessus de zéro ; nous sommes à deux mille cinq cents mètres d'altitude, sur un plateau où l'on trouve encore les vestiges millénaires de coquillages fossilisés.

Le lendemain matin, j'ai escaladé la montagne.

Rien ne pouvait m'arrêter. Je voulais tout voir, tout saisir, tout ressentir comme dans le désert d'Égypte... Je me suis assis et recueilli dans ces grottes alignées les unes à côté des autres comme autant d'alvéoles d'une ruche immense où vécurent jadis ces milliers de pèlerins libérés de tout désir, en quête de cette sérénité suprême qu'on appelle *nirvana*.

Et, tout le jour, j'ai longé le sommet que je ne voulais plus quitter tant était forte cette impression d'englober du regard le pays tout entier, déroulé devant moi, intact, rendu à sa virginité première.

En poursuivant la route des caravanes, il est un autre endroit dont m'avait parlé avec enthousiasme Kessel qui, le premier par ses récits, m'avait fait rêver de ce pays dont il était devenu un personnage légendaire.

Avec Pierre Schoendoerffer à la réalisation et Raoul Coutard en chef opérateur, il avait tourné *La Passe du Diable*, le premier film sur l'Afghanistan et ce jeu ancestral : le *bouskatchi*, où deux équipes de cavaliers endiablés se disputent une dépouille de chèvre ou de mouton.

On a longtemps cru l'ultime copie du film disparue dans l'incendie qui ravagea, sur les Champs-Élysées, le Drugstore Publicis où Bleustein-Blanchet, dans son bureau de président, la gardait précieusement. Mais, Alléluia ou plutôt Abdou-Lila, on en découvrit une autre dans les archives de l'INA.

Et ce film, relayé par de nombreux autres voyages dans ce pays qu'il aimait plus que tout, donnera naissance au roman sur lequel il aura le plus peiné, mais sans doute son plus beau, son plus inspiré : *Les Cavaliers*.

C'est ce même jour, lors d'une visite chez lui à Paris, que Kessel, touché par l'émotion que ses récits afghans avaient soulevé en moi, sur le pas de sa porte, m'avait mis dans la main une pierre apportée par son ami Adalat, Gouverneur de la province de Mazar-I-Sharif : un bloc de lapis-lazuli que je garde fidèlement. Il est le presse-papiers fétiche de mon bureau.

Cet autre lieu mythique dans un cadre à couper le souffle : c'est Band-i-Amir.

Depuis Bâmyân, il m'a fallu une longue journée sur une piste sans fin mais j'y suis parvenu…

J'ai arrêté mon nouveau camion de fortune qui a poursuivi son chemin vers Herat et sa grande mosquée bleue aux confins de la frontière iranienne. J'ai sauté par terre et roulé avec mon sac.

Le vent du désert était tombé. Plus un souffle. Il n'y avait pas âme qui vive.

Pas un être humain, sinon le berger et son troupeau, là-bas, au loin sur ce plateau à perte de vue. Mais en fait je l'imaginais, c'était un mirage !

Ce que j'avais devant les yeux, dans une gigantesque anfractuosité semblable à un effondrement géologique, était cinq lacs dont presque tous se déversaient l'un dans l'autre.

Une eau surgie des entrailles de la terre, depuis l'aube des temps, les alimente. Et chacun, du bleu sombre au vert glauque, est d'une couleur différente ! Les lacs, le plateau désertique auréolés à l'horizon, en ce début de printemps, par les sommets enneigés de l'Hindou-Kouch, resteront, pour toujours, le lieu le plus époustouflant qu'il me fut donné de voir.

Je me mis à danser comme un pantin, si porté par mon exaltation que tout à coup, sans réfléchir, sans mesurer mon geste, j'ai fait un trou dans le sable chaud avec mes doigts. Je m'y suis couché, doucement, très doucement, comme sur la femme de ma vie.

J'ai fait corps avec la terre.

Je l'ai prise dans mes bras, un maximum de terre, de pierre, de sable…

Je l'ai serrée, j'ai tourné avec elle, tourné, tourné.

Et je l'ai aimée.

XVII

Encore imprégné de la beauté d'Ispahan, de la douceur de la lumière rasante à la tombée du jour sur le Bosphore à Istanbul, je retrouvai enfin mes marques, mes amis, ma famille.

À mon arrivée à Paris, l'amour avec la terre des hauts plateaux s'incarna sous une autre forme. Une forme romantique, plus charnelle que céleste, avec une femme dont je pensais qu'elle était celle de ma vie. D'aucuns nous appelaient Scott et Zelda, nous formions un couple séduisant mais fragile, et notre trop grande et trop tendre jeunesse ne nous permit pas d'endiguer les assauts du tourbillon parisien, si bien qu'il me fallut mettre un terme à cette belle histoire malgré l'arrivée au monde d'une merveilleuse petite fille.

À la suite de cette séparation qui m'avait laminé, j'avais lentement mais sûrement remonté la pente de ma vie professionnelle et sociale, repris par les cornes le taureau de l'existence, selon l'expression paternelle qui me revenait comme un leitmotiv…

Passant de l'abattement à la rage, je calmais mes nerfs en montant sur les rings de Jean Bretonnel, frère de Fred, ancien champion de France dans la catégorie légère et entraîneur alors le plus célèbre de Paris, du côté du faubourg Saint-Denis…

Quand je ne tapais pas dans des sacs de sable jusqu'à tomber à la renverse, j'affrontais un sparring-partner qui m'expliquait comment enchaîner les coups, droite, gauche, droite, en protégeant mon foie avec le coude.

Je repensais à mon père qui, jadis, organisa des matchs de boxe, salle Pleyel, ce qui lui valut d'être surnommé Baron le boxeur… Et à l'élégance souveraine de Georges Carpentier, super-welter, dont le punch redoutable avait mis au tapis le héros des mi-lourds américains, au Madison Square Garden de New York, faisant de lui le champion du monde de cette catégorie en 1920. Et la une des journaux…

Chez Bretonnel, c'était du sérieux, on n'était pas là pour se distraire mais ma ténacité se trouva rapidement émoussée le jour où, légèrement sonné, je compris que la seule façon d'esquiver un coup était de le regarder venir en face plutôt que de fermer les yeux !

Entre-temps, près de dix années s'étant écoulées, j'avais donc reconstruit ma vie, lorsque je fus saisi, cette fois, par l'idée d'entreprendre un véritable tour du monde.

En 1978, j'ai repris mon bâton de pèlerin, convaincu du bien-fondé de cette nouvelle expérience qui, loin d'être vécue comme une fuite, me mettait au contraire à l'épreuve, m'obligeant à faire face…

Ayant quitté la France avec cinq cents dollars en poche, afin de poursuivre ma route après l'Inde et Bangkok, j'avais gagné ma vie au fur et à mesure que j'arpentais de nouveaux territoires.

Les conversations téléphoniques extrême-orientales étant très aléatoires et onéreuses à cette époque, c'est par quelques télégrammes hasardeux que je tins mon père au courant de mes avancées lointaines.

Bien plus tard, en ouvrant le tiroir de sa table de nuit, au lendemain de sa mort, je découvrirai que le seul document qu'il avait gardé près de lui, était l'un d'eux : envoyé de Bali, mon vieux télégramme lui annonçant ma traversée jusqu'à Darwin…

Dès mon retour, bien sûr, je lui avais fait le récit de mes aventures qu'il avait écoutées avec une attention réjouie, le sourire en coin : Civil Supervisor à Bornéo fut mon titre ronflant.

J'étais parvenu à me faire engager à Singapour par une société contractante de Total Indonésie, grâce à un CV outrageusement orienté pour la circonstance où j'apparaissais en chef de chantier, expert tous terrains, architecte d'un village pour pêcheurs tamouls. Évoluant désormais entre jungle et puits de pétrole, j'occupais, entre autres fonctions, celle de directeur d'un bureau d'études : une douzaine de jeunes Indonésiens d'une compétence bien supérieure à la mienne dessinaient les plans d'une charpente métallique destinée à une nouvelle école pour les enfants du village…

Nous menions grand train. La vie luxueuse des expatriés s'offrait à moi et, sans m'en rendre compte, je remettais à ma façon les pieds dans les traces paternelles : déplacements dans de rutilants 4x4, quand ce n'était en hydravion pour aller vérifier un détail sur une plateforme off-shore du côté d'Handil-Dua où des ingénieurs de la Comex, rétribués à prix d'or, effectuaient en scaphandre de géantes soudures sous-marines.

Le feu dans l'eau, tout un programme !

Nourriture pléthorique digne d'un Club Med, qui me semblait indécente en ces lieux désolés : livraisons hebdomadaires de containers aéroportés en provenance de Nouvelle-Zélande… Piscine fleurie de bougainvilliers, refroidie par des pains de glace. Orchestre d'ambiance tous les soirs, avant de folles virées vers les bouges environnants, du côté de Samarinda, où les filles valaient le prix d'une canette de bière…

Il y avait là toutes sortes de personnages : Jérôme, notamment, catogan et boucle d'oreille, qui passait ses nuits à écouter Jacques Higelin dans sa chambre. Nous étions aussi atypiques l'un que l'autre dans cet univers à la fois violent et feutré ; nous avions le même âge et devînmes les meilleurs amis. Un soir plus arrosé que les autres, il me confessa qu'il s'était planqué dans la jungle la plus improbable, étant poursuivi par la justice française, à force de trafiquer des drogues plus dures que douces.

Deux ans plus tard, nous nous revîmes par hasard dans Paris.

Passant par les Halles, je m'étais installé à la terrasse d'un café dont le nom m'avait attiré, qui me rappelait l'Indonésie : le Krakatoa, ce volcan dont l'éruption avait fait des milliers de morts. En face de moi, de l'autre côté du jardin, je contemplais la belle église Saint-Eustache ressuscitée par son récent ravalement quand, tout à coup, j'ai senti une main se poser sur mon épaule.

C'était lui, Jérôme ! Il était le gérant des lieux.

Retrouvailles chaleureuses ; on est tombé dans les bras l'un de l'autre, on ne s'est plus quittés durant des mois.

Profitant de ses jours de relâche, il venait me voir sur la péniche où j'habitais aux pieds de la tour Eiffel, près du pont de Bir-Hakeim. Il avait repris, mais très discrètement, ses activités de dealer et nous passions la nuit à refaire le monde. Un matin où nous émergions à peine, encore tout embrumés, quelques pas sur le pont et trois coups à la porte. Je suis allé ouvrir : c'était Mick Jagger qui cherchait une péniche à louer pour quelque temps !

Des tartines et du café, nous avons devisé gaiement tous les trois durant près d'une heure.

Puis, il nous a remerciés chaleureusement en nous quittant de sa démarche élégante…

Jérôme, qui ce jour-là, s'en est voulu, bien sûr, de n'avoir su retenir un client potentiel en or massif, disparut à son tour, peu de temps plus tard.

En vain, j'ai tenté de le retrouver. J'ai tout essayé mais aucune trace nulle part, aucun numéro n'a répondu. Et le Krakatoa semblait fermé pour toujours.

Souvent éméché, pour ne pas dire border line, il conduisait son bolide, sa grosse moto, comme un fou.

À force de tirer sur la corde, poussé par sa rage de vivre, comme dirait Kessel, peut-être a-t-il raté son dernier virage…

Parmi d'autres baroudeurs, Robert, en rupture de ban, lui aussi, s'était illustré dans le putsch d'Alger avec « le quarteron des généraux à la retraite ». Après m'avoir astucieusement testé, m'ayant finalement à la bonne, il me conseilla d'aller, de sa part, proposer mes services à Bob Denard, le sulfureux chef des mercenaires qui sévissait aux Comores…

Je ne donnai pas suite à cette idée qui m'amusait au titre du fantasme aventureux mais me détournait de mon chemin.

Je ne vis jamais, construite jusqu'à son terme, ma belle école et sa superbe charpente. Dès que j'eus de quoi poursuivre ma route, ayant touché en cash une paye qui me gonflait les poches, j'abandonnai lâchement mes chantiers et mes camarades hauts en couleur… Une lettre, plus tard, déposée dans une poste restante de l'autre côté du Pacifique, me fit le récit de son inauguration avec discours et trompettes.

Marin de fortune, à mon arrivée à Bali, j'ai grimpé sur un cotre tout de bois, d'une dizaine de mètres, le *Bin Tang Mas*: « L'Étoile filante », appartenant à deux frères australiens, rencontrés sur le port. Bourré de poupées balinaises et de quelques autres vestiges destinés à des antiquaires de Darwin, il cachait un commerce juteux.

Et, comme par enchantement, mon ami d'enfance et de toujours, Alexandre, m'avait rejoint. Nous étions quatre.

Durant un mois entier, au milieu de quelques cétacés pour lesquels notre frêle esquif n'était qu'une coque de noix, nous avons rasé les îles : Lombok, Sumbawa, Florès… pour attraper la brise du soir. Arrivé à Timor au bout de l'immense archipel indonésien – treize milles îles –, j'avais caressé l'idée de me faire engager sur un thonier australien, ce qui supposait une condition physique à toute épreuve : il fallait sortir de l'eau durant des heures d'affilée, de jour comme de nuit, des bonites de cinquante kilos et plus.

Et j'avais perdu mes forces. Après des assauts de fièvre à faire éclater le thermomètre, une intuition subite me dicta de faire à tout prix demi-tour.

Mais j'étais loin de tout, comment s'y prendre ?

Finalement, coup de chance inespéré.

Sur une piste de terre à moitié abandonnée, une vieille guimbarde volante effectuait des sauts de puce d'île en île jusqu'à Java…

De décollage en atterrissage, cela prit des jours qui n'en finissaient plus.

Et je grelottais sous les assauts de fièvre.

Enfin débarqué à Jakarta, semi-comateux, je suis tombé de tout mon long sur le seuil de l'ami Jo.

Mon point de chute, c'est le cas de le dire, mon salut !

Luxembourgeois aventureux, généreux, excentrique, il dévorait les livres. Passionné d'histoire, il connaissait la vie de Napoléon sur le bout des doigts. Non seulement les expéditions d'Italie et d'Égypte, le pont d'Arcole, Austerlitz, Friedland et Iéna, mais aussi les désespoirs de l'Empereur, ses doutes, sa tentative de suicide, sa fascination pour les présages, les signes de l'invisible…

Nous nous interrogions sur des énigmes jamais élucidées. Comment, d'Alexandrie, sur son seul navire, avait-il pu atteindre les côtes françaises, passant au travers de la flotte de l'amiral Nelson qui lui opposait un barrage en principe infranchissable ?

Et comment Kléber, avec ses onze mille hommes, a-t-il pu défaire à Héliopolis les cent mille hommes de l'armée ottomane aux ordres du grand vizir ?

L'ami Jo était aussi un bâtisseur qui construisait sur une île avoisinante des maisons à tour de bras pour y loger des villageois et des amis.

Installé à Jakarta depuis des lustres, il représentait la marque Levis dans toute l'Indonésie, puis les parfums-beauté de L'Oréal. C'était un personnage, généreux et attachant.

À l'aller, il m'avait hébergé quelque temps et nous sortions tous les soirs. Nous allions où le cœur de Jakarta battait plus fort, au Tanamour, qu'il appelait le trou d'amour, non sans raison...

Et son intervention immédiate auprès des médecins de l'hôpital chinois m'a sauvé d'une malaria qui aurait eu raison de mes dernières forces si j'avais poursuivi comme prévu la traversée jusqu'à Darwin...

Retapé par une convalescence choyée, à nouveau sur mes jambes et satisfaisant un fantasme de jeunesse, je me retrouvai bientôt barman à l'hôtel Shangri-la de Hong

Kong : la margarita et le black russian n'ayant pas de secret pour moi.

Hong Kong, ma dernière escale asiatique avant le grand bond vers l'Occident.

XVIII

Grâce à un système fort bien rodé de livraison de voitures depuis Los Angeles jusqu'à Long Island, sur la côte est, nous avons traversé les États-Unis, de part en part, Alexandre et moi, empruntant la route du sud : Arizona, Nouveau-Mexique, Texas, Mississippi, puis la remontée des Carolines… La route du nord, plus grandiose, Utah, Wyoming, Colorado… nous étant hélas interdite en raison des tempêtes de neige et autres intempéries hivernales.

Et nous voilà finalement débarqués à New York chez Jay, autre joyeux luron qui connaissait les moindres détails de cette ville pleine de promesses qui se vivait, alors, comme le centre du monde ; ce qui était une réalité d'autant plus avérée dans le domaine qui m'intéressait au premier chef, à savoir la création artistique contemporaine.

Ayant épuisé mes ressources, je n'avais d'autre choix que de courir non pas le guilledou mais les petits boulots...

Après avoir livré du bois, avec lui, dans sa vieille BM cabossée, dans des appartements cossus de l'Upper East Side, puis promené des chiens, *dog walker*, dans Central Park, je le rejoignais en fin d'après-midi au Madison Square Garden. Nous passions des heures à regarder des champions de boxe poids lourds s'entraîner avec leurs sparring partners. À poids égal et masse musculaire identique, le sparring tapant sur un sac de sable le déplaçait de vingt centimètres tandis que le champion l'envoyait valdinguer. Mystère insondable du punch que seul l'influx nerveux pourrait expliquer.

Et bientôt, Arlette, ma nouvelle amie, me présenta à son père diamantaire et bijoutier qui me reçut à son bureau derrière des vitres pare-balles. Passé le regard suspicieux, il me donna ma chance.

Ainsi, le week-end, ayant appris grâce à lui à reconnaître l'ambre véritable de son imitation – la bonne reste au fond du verre d'eau, tandis que l'autre remonte à la surface –, vendais-je bagues et colliers de cette sève fossilisée et millénaire sur les trottoirs du Village...

Et puis, je me souviens avec bonheur du jour où, contrairement à l'image d'instabilité que me renvoyait mon vieux pays, il conclut notre entretien où je lui avais glissé quelques-unes de mes aventures récentes, par cette phrase qui en dit long sur la différence des mentalités entre nos deux continents : « *What a great experience for such a young man !* Quelle grande expérience pour un homme si jeune ! »

Fidèle à mes amours, mes souvenirs, je faisais aussi des incursions au Metropolitan Museum pour revoir la si précieuse bouche en jaspe jaune de la reine et déesse Tiyi, évoquée lors de mon voyage en Égypte…

Le reste du temps, comme à mon habitude, je baguenaudais, sillonnant Manhattan de haut en bas, découvrant chaque jour quelque chose.

Dans Central Park, je me mêlais à toutes sortes de groupes plus ou moins sportifs et toujours accueillants. Je joggais avec les joggers, jouais au foot avec les footballeurs, marquais des paniers avec les basketteurs et méditais au pied d'un gros rocher érigé en menhir, avec des méditatifs assis en tailleur et en cercle, très concentrés…

Souvent, je finissais mon tour sur un banc, nourrissant les écureuils de petits bouts d'une pizza délicieuse.

Et, bientôt, d'autres rencontres m'ouvrirent d'autres portes.

Fourreur parisien dans sa jeunesse, Jacques Kaplan, qui deviendra un ami précieux, avait ouvert une galerie d'art très en vogue, presque à l'angle de la Cinquième Avenue, où se précipitaient les collectionneurs new-yorkais les plus avertis. Il avait eu une idée simple et géniale en inventant le courtage express… Des artistes aujourd'hui, pour la plupart, célèbres et inabordables : Larry Rivers, Lichtenstein, Rauschenberg et la veuve de Richard Lindner… passaient le matin déposer leurs œuvres par terre, sur la moquette, le long des murs. Et ce, en toute confiance, sans exiger le moindre reçu. Malgré cette décontraction apparente, nous en prenions grand soin.

Le téléphone se mettait à sonner, les visites se succédaient, tant et si bien que les œuvres, dessins ou tableaux, étaient presque toutes vendues le soir même, grâce à une marge infime d'à peine quelques pour cent et non dix fois plus, comme c'était l'usage !

Jour et nuit, un train d'enfer. Non seulement la galerie où régnait l'allégresse des affaires qui marchent, mais les musées, les visites d'atelier, les expositions diverses, la découverte de l'expressionnisme abstrait et d'Edward Hopper…

Et puis, les deux temples des folies nocturnes de l'époque : le Fifty Four où, souvent planté dans l'entrée, Warhol faisait mine de nous accueillir comme s'il était l'hôte de ces lieux. Un vaste théâtre loufoque où chacun, en acteur débridé, jouait son rôle ; où s'ébattaient joyeusement les plus beaux mannequins du monde au son du *I will survive* de Gloria Gaynor.

Sur la mezzanine des happy few, quelques stars du tout New York plongeaient négligemment leur paille dans une soupière de poudre blanche...

Quant au Zenon, plus bas dans la ville, il recueillait, dans une semi-pénombre, les derniers saltimbanques éméchés jusqu'au lever du jour.

Ne restait plus qu'à rentrer chez soi, si possible accompagné ; ce qui, en ces temps bénis de liberté tous azimuts, coulait presque de source.

Un dimanche sur deux, c'était devenu une coutume, avec Jacques toujours entreprenant au volant de son station-wagon à travers le Connecticut, nous changions de paysage. Parfois, nous poussions jusqu'au Maine : longues promenades en suivant la côte, face à l'océan.

Une grande et nécessaire bouffée d'air pur.

Et la semaine reprenait de plus belle.

XIX

Au stade où j'en étais de mon périple autour du monde, une incursion dans l'histoire de ma famille maternelle s'est d'autant plus imposée que, de New York à Mexico, il n'y avait qu'un pas, grâce à un va-et-vient de charters quasi permanent.

Ainsi fis-je plusieurs allers-retours avec Jean de Dieu, Juan de Dios, ça ne s'invente pas ; lequel, antiquaire de son état, faisait ses emplettes en Amérique centrale et vendait aux Américains du Nord des figurines précolombiennes en or massif. Il s'agissait bien entendu de fouilles sauvages provenant de tombes non répertoriées mais qui aidaient à survivre des villages entiers plus ou moins perdus dans les jungles. Dans ce discret trafic qui dura des lustres, jamais il ne fut importuné et passa allègrement au travers des mailles douanières, en toute impunité.

À se demander si son nom béni lui servait d'ange gardien…

Le Mexique, cependant, était pour moi bien autre chose : le pays où ma mère avait vu le jour.

Ses frères et sa sœur, ses cadets, naquirent tous en France, pays qu'ils chérirent jusqu'à leur dernier souffle, dont ils gardèrent toujours, dans la langue de Cervantès, un léger accent du meilleur effet.

La famille avait été poussée à l'exode par la révolution de 1910. Avant la fameuse bolchevique de 1917, ce fut la première révolution prolétarienne où s'illustrèrent vaillamment Pancho Villa et Emiliano Zapata.

À la tête d'une foule grandissante de paysans accourus des quatre coins du pays, surexploités et plus ou moins faméliques, fourche et révolver au poing, ils reprirent possession des terres de leurs ancêtres, puis, peu à peu, des usines, des haciendas, des plus belles demeures…

Le ciel était tombé sur la tête des quelques « grandes familles » pour la plupart d'origine basque, émigrées au XIXe, totalement affolées et dépassées par la situation.

Panique à bord, il fallait fuir. Mais dans quelle direction ?

Où faut-il aller s'installer quand on vous a tout pris mais qu'il vous reste quelques bijoux, quelques perles fines et plus encore, ce que l'on a réussi à sortir du pays en espèces sonnantes et trébuchantes depuis des décennies ?

En un mot, quand il vous reste de quoi vivre largement à peu près n'importe où sur la planète?

La réponse s'imposa très vite. En ces temps reculés, la ville la plus belle, la plus élégante et la plus excitante, là où on se devait d'être...

C'était Paris!

Ainsi la famille Corcuera y de Mier élut-elle domicile dans un hôtel particulier de la rue Dumont-d'Urville, autour de l'Arc de triomphe...

Je laissai pour plus tard, une fois n'est pas coutume, la découverte de ce pays magnifique et de sa civilisation millénaire pour me concentrer sur mon oncle Pedro, dit Périquin. Personnage atypique et débonnaire, foncièrement attaché à son passé, non sans une pointe de nostalgie, il en savait long sur l'histoire de nos ancêtres:

Originaire des Asturies et du Pays basque, mon arrière-grand-père, Sébastian de Mier et Noriega, débarque à Mexico au début du XIXe siècle.

Il dirige de main de maître plusieurs haciendas jusqu'en 1828, date où tous les immigrants d'origine espagnole sont expulsés du Mexique. Il finira ses jours entre colère et chagrin à Jerez en Andalousie...

Mais le grand homme de la famille, insiste l'oncle Périquin, c'est son petit-fils qui s'appelle lui aussi, Sébastian de Mier.

Par le jeu des alliances, à la suite d'un riche mariage d'amour, dit-on, débarquant des années plus tard, à Mexico lui aussi, il hérite de propriétés multiples : il récupère non seulement la première des haciendas du grand-père, celle de Santa Inès Borbolla et ses milliers d'hectares, mais d'autres à Santiago Ocotepec, à San Juan Bautista dans la vallée de Huamantla… Et le moulin de San Francisco dans la ville de Puebla…

De plus en plus entreprenant et habile dans ses affaires, Sébastian de Mier acquiert une fabrique de sucre et ses plantations de canne, une autre propriété, l'hacienda d'Atlamaxac dans les montagnes au-dessus de sa ville de Puebla où, devenu l'un des principaux employeurs, on le salue sur son passage.

« Ce n'est pas tout », renchérit Périquin.

Pour la désenclaver, il construit une ligne de chemin de fer qui la relie directement à la grande ligne Mexico-Veracruz. Le but de cette opération consistant à pouvoir acheminer jusqu'à la capitale le bois produit et débité dans l'hacienda.

Fort de ses succès, Sébastian devient un entrepreneur de haut vol : il achète l'usine de dérivation des eaux du fleuve Atoyac et construit à ses frais un canal et un tunnel de grande ampleur afin de déverser une partie des eaux dans un autre fleuve. Il crée ainsi, par le dénivelé obtenu, deux chutes d'eau dont la force motrice va générer suffisamment d'électricité pour éclairer toute la ville de Puebla !

Et avec le surplus d'eau qu'il récupère, il a largement de quoi irriguer ses nouvelles terres, ce qui améliore considérablement sa production de canne à sucre…

Il devient un personnage célèbre dont la centrale thermoélectrique que l'État construira quelques années plus tard portera le nom.

Son histoire ne s'arrête pas là.

En 1878, c'est à Paris qu'on le retrouve dans une nouvelle vie. Il gère sa fortune désormais imposante et ses multiples propriétés mexicaines par délégation et correspondance. Et se lance dans la diplomatie…

Membre de la représentation de l'empire de Maximilien auprès de la cour de Napoléon III, il est bientôt nommé par le président Porfirio Díaz ministre du Mexique auprès du gouvernement français.

Maîtrisant parfaitement notre langue et bientôt l'anglaise, il occupe des fonctions de plus en plus prestigieuses. Outre celle de ministre-ambassadeur, il représente son pays au couronnement du roi Georges V d'Angleterre, devient ministre plénipotentiaire à la cour de Londres et préside le comité mexicain lors de l'Exposition universelle de Paris en 1900.

Il dirige aussi la mission auprès du shah d'Iran auquel il vendra les fameuses mitrailleuses inventées par le général mexicain Mondragon…

Et siégera pour son pays à la Conférence de la paix, à La Haye, en 1907.

De retour en France, où il est décoré de la légion d'honneur, il acquiert une vaste demeure à Neuilly, dont il fait sa résidence et le siège de sa représentation diplomatique.

Enfin, invité de marque au couronnement du roi Alphonse XIII d'Espagne, Sébastian de Mier apprend de la bouche de son président Porfirio Díaz sa nomination à la tête du comité de surveillance de la Banque nationale du Mexique.

C'est lui qui, des années plus tard, ayant été, comme d'autres, dépossédé de ses biens, poussera mes grands-parents et leur petite fille, ma mère qui venait de naître, à émigrer sous des cieux plus cléments.

XX

Après quelques dîners savoureux dans les bistrots de la capitale, notamment aux Champs-Élysées, suivis de longues soirées chez lui, généreusement arrosées de tequila ou de bas-armagnac, l'oncle Périquin, enchaînant les cigarettes et ravi de cultiver avec moi son accent parisien, n'en avait pas fini de remonter le cours de l'histoire ou plutôt de le descendre, me comblant, cette fois, d'anecdotes, certes moins glorieuses mais plus extravagantes.

Son père, Don Pedro Corcuera, descendant, lui aussi, de paysans basques émigrés, était un homme très racé et élégant, ce qui lui valut d'épouser en grande pompe, la fille chérie de Sebastian de Mier, le mettant ainsi pour toujours à l'abri du besoin. De sa vie entière il ne fit rien de ses dix doigts hormis de jouer au golf. Et lorsqu'il traversait dans les années 1900 son pays, il faisait accrocher au train qu'il

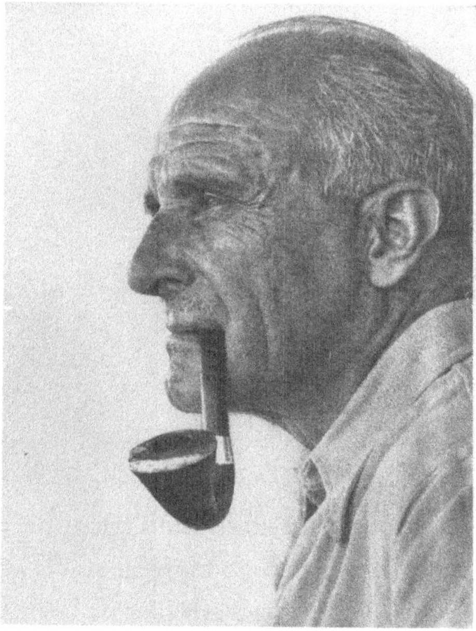

Don Pedro Corcuera, mon grand-père maternel.

décidait de prendre, un wagon lui appartenant. Celui-ci devait être plus voyant que les autres car, aux dires de Périquin, son épouse, ses invités et lui-même passaient une bonne part de leur temps à réciter des chapelets, les bras en croix, pour conjurer une éventuelle attaque de bandits de grand chemin…

Un vrai western !

Le même Don Pedro était connu pour avoir découvert et lancé la fameuse cité balnéaire d'Acapulco où il fit construire la première villa sur le haut de ce qui n'était alors qu'un village de pêcheurs. Curiosité du coin que d'aucuns viennent photographier, elle s'appelle encore : la Villa Corcuera.

Il acquit, par ailleurs, sur un bon quart de la baie, c'est-à-dire plusieurs centaines de mètres, une petite maison de plage perdue dans les cocotiers...

Ses enfants vendront le tout à des promoteurs sans scrupule : c'est aujourd'hui une barre d'hôtels à touche-touche, où la végétation luxuriante finit par masquer le ciment.

Installé désormais à Paris, mon grand-père, fidèle à son image, continue de prendre la vie du bon côté. Claquant ce qu'il reste de la fortune de son épouse, il ne cesse de mener grand train... Allers et retours à Londres où il se fait habiller sur mesure, de pied en cap, jusqu'aux chaussures. Et son tailleur lui livre à domicile.

Soucieux d'asseoir sa position parisienne et grand amateur de la gastronomie française, il tient table ouverte chez Maxim's... Il sort presque tous les soirs et la légende lui prête qu'il se faisait réveiller à deux heures du matin, buvait un grand verre de lait, sautait dans une voiture qui l'emmenait dans les boîtes de nuit les plus affriolantes. Frais comme un gardon au milieu de fêtards éméchés, ce stratagème lui assurait, paraît-il, un succès surprenant...

Mais l'intendance laissait à désirer. Bientôt, les tracas administratifs et autres contrariétés s'accumulant, frappé par une lubie coutumière de son extravagance, il décide d'abandonner son hôtel particulier dans lequel il ne savait jamais combien d'invités il hébergeait, et d'installer femme et enfants, ainsi que sa domesticité – dont la précieuse Juana, entrée à l'âge de seize ans au service de la grand-mère et qui mourra de sa belle mort à quatre-vingt-dix ans passés, souriante et fidèle au poste, dans la maison d'Acapulco – sur un étage de l'hôtel Plaza Athénée, avenue Montaigne.

Vint le moment où plusieurs autres enfants ayant vu le jour, il fallut penser à l'organisation des vacances dans un lieu approprié.

Les séjours répétés, l'hiver, à Crans-sur-Sierre où ma mère grimpait en ski à peau de phoque sur Bella-Lui, ne suffirent plus.

Comme d'autres familles basco-mexicaines : Yturbe, Beistegui… les Corcuera firent l'acquisition de ce qui reste dans mon souvenir la plus belle demeure Napoléon III de Biarritz, entre Parme et la Négresse.

Il y avait là une ferme en contrebas avec son potager, son champ de maïs et ses serres pour les fleurs constamment renouvelées dans les vases du salon. Une vache pour le lait du matin, quelques poules pour les œufs coque, des lapins dans leurs clapiers. Et puis, des hortensias partout, blancs, bleus et roses, une allée double de magnolias qui embaumait tout l'été, des platanes et des chênes longeant un parc à l'anglaise se perdant dans les bois…

Dans ce paradis où j'eus la chance de passer mes premières vacances, le grand-père, jadis, poussé par une nouvelle lubie, laissait paître et gambader un cheval blanc, un âne blanc, un chien blanc, une oie blanche, pour animer le paysage…

Devant la maison, sur la pelouse fauchée à la main, il tapait ses balles de golf que ses enfants couraient ramasser en poussant des petits cris de joie…

Dans les années qui suivirent la deuxième guerre mondiale, l'appel de la terre natale se fit sentir de plus en plus. L'identité mexicaine, dont on sous-estime la vigueur, l'emporta sur la douceur, alors, de la vie parisienne et française.

La famille Corcuera plia longuement bagage et s'embarqua au Havre vers la terre de ses racines.

Le temps passant ayant calmé les fièvres révolutionnaires, la vie là-bas ayant repris son cours, elle retrouva sa vieille et jolie maison quelque peu défraîchie, entourée de son jardin. Bercée par un rythme plus calme, choyée par une famille largement agrandie et de nombreux amis, elle coula des jours sans grandes surprises mais harmonieux. Au besoin, pour briser la routine, on faisait appel à des mariachis pour des soirées dansantes : *La cucaracha, la cucaracha…*

Et les enfants, déjà grandis, améliorèrent leur espagnol…

Quelques années plus tard, Don Pedro Corcuera, mon grand-père, auréolé par ses années d'absence dans ce pays qui continuait d'alimenter les rêves de la bonne société mexicaine, n'en avait pas fini de surprendre.

Pour fêter dignement son anniversaire, il fit tendre de velours l'intérieur de la cathédrale de Mexico qu'il remplit de guirlandes et de bouquets de fleurs.

Ayant invité le ban et l'arrière-ban, la cathédrale était comble. Il y fit célébrer une messe « pour remercier le Seigneur de soixante-quinze ans de vie heureuse »... Ainsi dit-il.

La cérémonie achevée, sur le perron et la place qui marque le cœur de la ville où trônait jadis le Templo Mayor des Aztèques détruit par les Espagnols, il salua la foule de ses amis. Quelques jours plus tard, il embrassa sa famille et se fit conduire par son chauffeur dans sa villa d'Acapulco. La première du genre dans cette station balnéaire bientôt célèbre qu'il avait la réputation d'avoir lancée.

À son arrivée, accueilli en héros, il prit le temps d'une collation puis monta dans sa chambre, demandant qu'on ne le dérangeât pas.

Il alluma son gramophone, mit son disque des concertos brandebourgeois, s'enveloppa dans sa robe de chambre, s'allongea sur son lit.

Et s'endormit paisiblement, pour toujours.

Ma mère Carmen, qui, veuve de son premier mari, avait rencontré mon père, fut la seule de sa famille à demeurer en France.

Auréolé, lui aussi, de son passé récent, la Résistance, les Comptoirs de l'Inde, sans remonter jusqu'au surréalisme, le

Portrait de ma mère Carmen par Man Ray.

La garde rapprochée de Christian Dior dans les années « new look », 1947 (ma mère en blanc).

Gouverneur arpentait le Paris d'après-guerre avec l'assurance d'un homme qui avait bien rempli sa vie. C'est lors d'un vernissage à la galerie Charpentier, devenue siège de Sotheby's, en face de l'Élysée, qu'il rencontra ma mère Carmen.

Basque et mexicaine mais plus française que française, elle avait décidé de faire sa vie à Paris au milieu de ses amis artistes qu'elle chérissait plus que tout. Par son premier mari, Pierre Colle, marchand de tableaux, dans la galerie duquel il exerça ses premiers talents, elle fit la connaissance de Christian Dior qui devint un ami très proche et parrain de mes trois sœurs qui l'appelaient : tio Christian.

Catholique pratiquant et aimant les enfants, il vint jouer avec moi déguisé en Père Noël lorsque j'avais six ans…

Il n'en était qu'au début d'une carrière qui le mènera au firmament, mais personne, alors, n'aurait pu imaginer et lui moins que quiconque, qu'il deviendrait un jour, le Français le plus mondialement célèbre après De Gaulle.

Il confia bientôt à ma mère la direction de la première boutique Dior dans l'immeuble de l'avenue Montaigne où il venait de s'installer.

« En avant, Carmen, lui dit-il, donne-moi là-dedans, un grand coup de Popocatepelt [*sic*] ! »

Elle assura par la suite, les relations publiques de la « Maison » dans les vingt ans qui suivirent…

Entre elle et le Gouverneur, peu de chose en commun *a priori* ; des origines et des itinéraires si différents… Sinon, peut-être, l'essentiel : le culte de l'amitié, la passion de l'art au sens le plus large, une certaine façon de vivre et d'aimer. Et puis, le fameux coup de foudre sans lequel…

« Je vous rapporterai un éléphant blanc ! » lui dit-il ce soir-là, ce qui acheva de la séduire. Ils se marièrent quelques mois plus tard et vécurent ensemble les trente dernières années de leurs vies.

Mes parents sur les Grands Boulevards dans les années 1960.

XXI

Dans les années soixante, moins exotique et flamboyante était la vie de mon père.

Dans la campagne aixoise, il avait décidé d'entamer une nouvelle phase de sa vie, l'ultime a priori…

Là-haut, dans sa nouvelle demeure, sur le plateau du Cengle, face à la montagne Sainte-Victoire, l'âge se faisant sentir, il menait une existence plutôt solitaire et contemplative.

Carmen veillait sur lui à distance et venait le voir régulièrement. Nous passions nos vacances ensemble.

Sa santé se détériorait peu à peu. Il avait perdu presque complètement l'usage d'un œil à la suite d'une attaque soi-disant bénigne, mais jamais ne l'ai-je entendu s'en plaindre. De cela comme du reste, d'ailleurs : la tournure des choses, les menaces grandissantes de pollution, de surpopulation qui pèsent sur notre monde ne troublaient pas son optimisme plus volontaire que réel, entaché néanmoins de quelques réserves : « Le grand mélange, c'est bien joli mais il n'est pas sûr que ce soit un progrès. On a toujours fonctionné sur l'harmonie des contraires. »

Enfin, le temps qui passe…

Qui sur chaque ombre en verse une plus noire…

Des amis très chers, eux aussi de Paris et d'avant-guerre, les Hugo, descendants de l'auteur du vers ci-dessus, s'étaient installés dans le Midi pour être plus proches de celui devenu leur ami et surtout leur plus gros client, dont ils réalisaient en argent et en or les plats qu'il avait dessinés : Pablo Picasso.

Ils signalèrent au Gouverneur un lieu loin de tout mais « magique et envoûtant », discrètement mis en vente à la suite d'un scandale qui avait défrayé la chronique aixoise. Un éminent professeur de littérature comparée à l'Université, compromis dans une sombre histoire de louveteaux aimablement hébergés par une nuit d'orage… Les articles évoquaient des jeunes gens plus ou moins dénudés, tournant à la queue leu leu autour d'une table. Ça ne s'invente pas !

Aux dires de la presse, les louveteaux ne semblaient pas franchement traumatisés. Mais catastrophe ! Une photo aurait circulé… Des parents avaient porté plainte…

Nullement demandeur mais émoustillé par sa description, mon père est allé visiter cette bergerie des Templiers totalement isolée sur son plateau, au milieu d'une centaine d'hectares de pinède qu'entretenait un merveilleux gemmeur landais, d'un autre temps. Les roses trémières, les champs de lavande et d'amandiers ajoutaient au charme spectaculaire de l'endroit que délimitait une falaise naturelle.

Le tout, faisant face à la Sainte-Victoire. La fameuse montagne de Cézanne.

C'était plus qu'il n'en fallait.

Ma mère, visitant l'endroit, en était restée impressionnée mais perplexe. Déroutée par la nouvelle lubie de son homme qui ne jurait jusque-là, que par le crachin breton de son Morbihan natal, elle fut vite entraînée par son enthousiasme débordant.

Révisant son jugement, elle vendit pour une somme aujourd'hui dérisoire le fleuron de sa collection héritée de son premier mari : l'un des plus beaux portraits de Dora Maar par son illustre amant, le démiurge andalou, le fameux Pablo…

Mon père, enchanté – ni une ni deux – fit de même dans la mesure de ses moyens, décrochant le petit paysage au-dessus de son lit dont nul ne saura jamais s'il était de Courbet…

Il fut vendu comme tel.

Et la maison était à nous.

Le Gouverneur, poussé à la retraite par l'air du temps, son âge, la décolonisation… peaufine sa fin de carrière par quelques nominations ronflantes : commissaire du gouvernement auprès de sociétés africaines immobilières et d'économie mixte au Cameroun, en Guinée, en Côte-d'Ivoire… Une broutille au regard de ses rêves de nomination à la gouvernance générale de Madagascar, bientôt libéré du joug colonial…

Après quelques tentatives apparemment très cordiales mais définitivement infructueuses auprès du Quai d'Orsay et du Conseil économique et social, il est rattrapé par la réalité et se range à la raison.

Il faut dire que son profil, certes admirable, de Gouverneur honoraire de la France d'Outre-mer, était lourdement grevé par son appétence pour les paradis artificiels et sa dévotion envers l'ashram de Sri Aurobindo.

Ces circonstances suffirent-elles à entraver son parcours de haut fonctionnaire dont l'avenir aurait dû être prometteur ?

C'est de l'ordre du possible, voire probable.

Seul un rendez-vous, hélas écourté, avec Maurice Schumann, dernier témoin proche et survivant, aurait pu m'en apprendre davantage…

Il connaissait non seulement le « dossier » du Gouverneur qu'il avait reçu pendant la guerre à Londres dans son bureau de porte-parole de la France libre, jouxtant celui de

De Gaulle, mais il avait œuvré à la restitution des Comptoirs de l'Inde sous Mendès-France.

Bref, des années plus tard, c'est ainsi que mon père s'installe dans notre nouvelle maison, nourrissant de nouvelles ambitions...

Il meuble son temps libre par des conférences à Lurs en Haute Provence, sur l'Inde ancienne et moderne, sur Aurobindo, bien sûr, avec lequel, à plusieurs reprises, il s'est longuement entretenu et qui – nous l'avons déjà évoqué – soutiendra son projet de faire de Pondichéry une « fenêtre ouverte » de l'Inde sur la France et réciproquement. Tout comme Nehru auquel il avait aussi soumis son projet qu'il approuva et soutint. Mais l'histoire a ses failles, parfois d'autant plus stupides qu'elles sont irréversibles.

Les Français qui avaient déjà lâché le Canada: « Pour quelques arpents de neige... », puis perdu l'Inde de Dupleix, lequel finira ses jours dans un cachot grâce à Louis XV, réagirent mollement. Très mollement au point qu'il est aujourd'hui question de fermer mon cher lycée français de Pondichéry après deux siècles de bons et loyaux services...

Il sera bientôt rejoint par Max Pol-Fouchet qui vient d'écrire un texte inspiré sur la statuaire indienne et, lui renvoyant la balle, anime les discussions.

Et puis surtout, lui, le sybarite, rêve de faire de sa thébaïde une sorte « d'ashram artistique » où le rejoindraient des esprits éclairés. Louis Pauwels lui a déjà demandé de venir s'installer quelque temps car il peaufine un essai sur Cézanne.

L'interlocuteur le plus fidèle est, en fait, son vieux comparse du surréalisme, André Masson qui habite à mi-chemin entre Aix et nous, sur la route du Tholonet et chez lequel on s'arrête souvent sur le chemin du retour. Sa femme Rose qui l'avait sauvé, disait-on, des beuveries de sa jeunesse, veille amoureusement sur lui depuis cinquante ans. Ce n'est pas un homme très avenant de prime abord, mais il émane de lui une intensité calme. Sa présence discrète et forte peut être intimidante.

Il est fin, précis, pétri de culture gréco-latine. Avec mon père, quand les esprits s'échauffent, il devient de plus en plus cordial et, tout à coup, chaleureux. Et puis, c'est un grand peintre dont on n'a pas fini de mesurer l'importance.

Un jour où, faveur insigne, j'étais seul avec lui dans son atelier, il m'a dit avec le sérieux soudain que l'on donne à l'aboutissement d'une pensée mûrie de longue date :

« Finalement le plus grand des peintres, c'est Le Titien ! »

Il a fallu brusquement repartir. Je m'en voudrai toujours de ne pas être revenu très vite, lui demander le pourquoi du comment…

Masson, dont les sorties se faisaient rares, car préférant à tout la solitude de son atelier, montait néanmoins nous rendre visite.

Il arrivait toujours avec une histoire en tête.

Ainsi, aimait-il raconter cet épisode fameux, où jeune poilu de la guerre de 14, il s'était retrouvé nez à nez avec un soldat allemand, le jour de Noël, dans un trou d'obus.

Se retournant tout à coup, frappés de stupeur, les deux hommes se dévisagèrent un moment, sans se parler, immobiles. Puis chacun fit un pas en avant, un deuxième, un troisième encore.

Et ils se jetèrent dans les bras l'un de l'autre, hurlant chacun dans sa langue : « Joyeux Noël ! Joyeux Noël ! »

Lui aussi, était fasciné, comme Cézanne, par cette obsédante Sainte-Victoire aux multiples facettes qui n'était jamais « ni tout à fait la même ni tout à fait une autre », comme dirait Verlaine, évoluant à chaque instant, au gré de la lumière et des ombres, qu'elles fussent du soleil ou de la lune.

Et la Sainte-Victoire par temps d'orage…

Enfin, le don des formules trahissait parfois ses amours littéraires : Thomas Mann ou Maurice Barrès…

Ouvrant les bras d'un geste ample, en montrant la montagne d'un côté, puis la colline qui occupe le centre du plateau de l'autre : « C'est "la Montagne magique", et là "la Colline inspirée"… »

XXII

Refusant de faire jouer toute recommandation, dans une optique encore soixante-huitarde, j'avais décidé d'apprendre mon métier de journaliste en faisant mes armes par la petite porte de la presse dite à scandales. En quête de faits divers, certains sordides, d'autres plus affriolants, à l'affût toujours de rencontres surprenantes, je courais en tous sens, pour mon plus grand plaisir…

Puis un jour, n'ayant revu mon père de longue date, j'ai profité d'une semaine de vacances pour sauter dans un train de nuit et aller le rejoindre dans sa campagne aixoise.

Au matin suivant, nous sommes descendus en ville : « Il faut reprendre contact avec la civilisation », disait-il.

Ainsi sommes-nous installés aux Deux Garçons, café emblématique d'Aix-en-Provence, s'il en fut. Tout en haut du cours Mirabeau avec ses vieux miroirs mouchetés par les ans, ses lustres 1900, la photo encadrée des *Joueurs de cartes* de Cézanne, celle de *La Colombe* et de *L'Arlequin* de Picasso, son décor vert et or fatigué… Au fond le bar, à l'étage le piano-bar, et dehors, sa terrasse aux fauteuils en rotin. C'est le point de ralliement, le carrefour obligé.

Après le marché, leurs emplettes, courgettes et tomates, tarte aux fraises et calissons, s'y retrouvaient les amis de toutes sortes, si possible artistes et bohèmes, céramistes, luthiers, peintres ou plumitifs ayant connu le Paris d'avant-guerre… Et les soirs de juillet pour le souper, l'élégante troupe des festivaliers encore tout imprégnée de Mozart, égrenant cette vieille antienne : « La musique de Mozart, c'est si beau que le silence qui s'ensuit… »

Nous sommes « chez lui », à sa table, son Q.G.

« Garçon, un Ricard, un double… Et toi, qu'est-ce que tu prends ? »

L'air est doux sans mistral et l'ambiance paisible, en cette fin des années soixante-dix, en cette journée ensoleillée de septembre où la lumière est déjà d'automne et où l'on entend à peine ruisseler l'eau de la fontaine recouverte de mousse à quelques mètres de nous, un peu plus bas.

Le paternel, d'entrée de jeu :

Aix, un aveugle croit qu'il pleut,
S'il pouvait voir avec sa canne
Il verrait cent fontaines bleues
Chanter la gloire de Cézanne…

Il est jovial comme souvent et arbore non sans fierté son éternelle casquette bleue délavée de marin breton, la même qu'il arborait à La Trinité-sur-Mer lorsqu'il naviguait sur son *Barracuda*...

Ici, tout le monde le connaît, l'appelle le Gouverneur, salue sa bonhomie tout en affichant pour lui un respect amusé, dû à la fois à la vivacité d'esprit dont il fait preuve avec les garçons ou les clients de la table voisine, son goût pour les jeux de mots, calembours et calembredaines, son humeur badine qui coule de source comme la fontaine voisine. Dû aussi à ce que les gens savent ou devinent ce que fut sa vie, à cette image un tant soit peu décalée qui l'a préservé de toute monotonie. J'étais toujours heureux et amusé, moi aussi, d'être en sa compagnie. C'était un homme qui ne connaissait pas l'ennui et, par conséquent, on ne s'ennuyait pas avec lui. Il avait décidé de jouer la vie du bon côté, quelques états d'âme mais toujours optimiste parce que: « C'est bon pour la santé, comme disait Voltaire.»

À vrai dire, quand j'ai été en âge de vraiment connaître mon père, de le découvrir derrière ses faux-semblants, il était un vieux monsieur déjà.

Cinquante ans nous séparaient. Capable d'être coquet à ses heures, il jouait sur les apparences, mais les Gauloises qu'il aspirait à grands poumons, culotant avec délices la femme nue, si finement sculptée dans l'écume de mer de son fume-cigarettes, auraient raison de ses artères.

Bien que tout à fait ingambe à cette époque, il vivrait ses dernières années dans une chaise roulante que, plus d'une fois, j'ai poussée jusque dans les vernissages de ses amis peintres où il tenait à être présent, souvent affublé de l'un de ses petits foulards de soie acquis dans le vieux Mark and Spencer de Madras et négligemment noué dans l'encolure.

Nous sommes toujours là, aux Deux Garçons, entre père et fils devisant gaiement, les jambes croisées sur nos sièges. L'heure du deuxième Ricard approche qui, dans la bonne humeur installée, délie les langues.

Le Gouverneur, caressant la visière de sa casquette, lève la tête sur les platanes qui nous balaient de leur ombre qui s'allonge :

« Regarde, j'ai compris ce qui fait la sensualité de cette ville. Ce sont les branches en V de ces arbres. On dirait des jambes de femmes, des jambes ouvertes, à l'envers, qui montent vers le ciel… !

— Alors là, chapeau ! » dis-je, feignant d'être ému par une telle découverte, tandis que ma pensée était ailleurs.

Je revivais ce jour d'avril lorsque, descendant d'une station du sud des Alpes où l'on m'avait envoyé faire de la luge et des bonshommes de neige dans une colonie de vacances, j'avais fugué sans crier gare.

J'avais sauté dans une micheline sifflante et cahotante pour attraper le train de Marseille, puis la correspondance pour Aix. Quelle urgence subite ? Quel besoin impérieux de vouloir retrouver mon père ?

Mais, ce soir-là, personne ne répondait au téléphone.

Une fois, deux fois, trois fois…

Rassemblant ce qui me restait de pièces au fond de mes poches, j'avais réussi à convaincre un taxi devant la gare de bien vouloir m'emmener jusqu'à notre hameau de Saint-Antonin, douze kilomètres plus loin. J'étais tout fier mais il m'a planté en bas du village, devant le gué que mon père franchissait allègrement grâce à la position haute de la suspension hydrauliquement miraculeuse de sa vieille Idée 19.

Il faut dire que, de l'autre côté, le mauvais chemin caillouteux qui avait crevé plus d'un pneu, n'était pas très engageant. La maison était encore loin et pas de roulettes aux valises à cette époque, j'ai marché un bon kilomètre en la portant. Heureusement, il y avait la lune pour m'éclairer, le souvenir des promenades nocturnes que je m'étais imposées dans ma prime adolescence pour braver la peur, devenir un homme. Et quelques lapins de garenne filant devant moi en zigzag…

Notre vieille bergerie des Templiers face à « la Montagne magique », sa grande pièce voûtée, ses cheminées, sa terrasse ombragée de canisses et parsemées de roses trémières, était là devant mes yeux.

J'ai appelé, crié sous les fenêtres, parcouru les lieux de fond en comble dans un sens puis dans l'autre. C'était l'époque où les portes des maisons étaient encore ouvertes.

Dans ma chambre prolongeant le grenier, dite planétarium en vertu de sa grande baie vitrée face à la montagne, j'ai tourné en rond, fait les cent pas en regardant les affiches que m'avait données Cassandre, dont j'avais tapissé les murs.

Puis, rendu à l'évidence, c'est dans la chambre paternelle que je me suis écroulé tout habillé, assommé de fatigue, sur son lit longé par la bibliothèque que son « désordre ordonné » avait rempli des livres de sa vie qu'il avait tous lus et certains annotés.

Cette fois, je me suis senti abandonné comme jamais, mais, souvenir encore étrangement présent, j'avais retrouvé son odeur.

J'ai dormi toute la nuit, de tout mon saoul, les bras en croix comme pour saisir le vide autour de moi, et tard le matin suivant. Et c'est lui qui m'a réveillé. Il était assis à mes côtés, au bord du lit, et me tapotait le bras.

Jusqu'où faut-il aller pour retenir l'attention de son père ?

Heureusement, un peu plus tard il m'avait dit : « Tu sais, ce qui s'est passé ce soir-là, ce périple que tu as fait pour venir jusqu'à moi, c'est une des raisons pour laquelle je t'aimerai toute ma vie. »

Il y a des mots qui guérissent.

Et là, en tête à tête, au bistrot, des années s'étant écoulées, comme je lui remémorais cette histoire, il m'a redit la même phrase, ajoutant : « Je n'oublierai jamais. »

Et, il a aimablement noyé le poisson comme à son habitude, avec des vers, cette fois d'Apollinaire :

Regrets sur quoi l'enfer se fonde
Qu'un ciel d'oubli s'ouvre à mes vœux...

Ensuite, il s'est repris et pour la première fois, j'ai eu droit à une confession sentimentale. Jusque-là, son jardin secret.

Se remémorant des souvenirs lointains, il a poussé un long soupir : « J'ai d'autres regrets, tu sais. Et plus que des regrets, ce sont des remords qui me poursuivent, ne me lâcheront jamais... »

On sentait qu'il s'obligeait subitement à un gros effort. Je ne l'avais jamais vu prendre sur lui à ce point. Il a rassemblé les bribes de sa mémoire jadis excellente mais bien émoussée. Il est entré dans son for intérieur et dans les détails. C'était en 1927 à Paris, juste avant de prendre son premier poste d'administrateur à Dakar et juste avant de croiser sur le trottoir de l'École alsacienne le regard d'Andrée Aboulker qui allait devenir sa première épouse.

Mais celle dont il s'agissait là s'appelait Marguerite. Il l'avait rencontrée dans un « bal popu » du côté de la Bastille, ils avaient dansé ensemble toute une nuit puis marché longuement main dans la main. Ils s'étaient revus plusieurs fois, s'étaient embrassés longuement sous des portes cochères. Il lui avait promis de lui faire découvrir sa Bretagne natale, de l'emmener à Belle-Île, d'aller voir les Aiguilles de Port-Coton peintes par Monet, de descendre dans la grotte de l'Apothicairerie où l'eau sous le soleil devient transparente, de se baigner dans les vagues de Port-Donnant…

Il lui avait fait miroiter tout ce dont une jeune femme candide et d'extraction modeste, comme on disait alors, pouvait rêver. Ils s'étaient tout dit ou presque. Ne manquait plus que l'amour.

Ce soir-là, dans le petit appartement sombre et coquet de la rue Caulaincourt où remontaient les rumeurs de la place Clichy, elle avait mis les petits plats dans les grands. Elle avait balayé le moindre grain de poussière, tout astiqué pour que tout fût impeccable, sorti son vase de cristal pour le bouquet qu'il ne manquerait pas de lui apporter… Et sachant combien il était gourmet, préparé le repas le plus fin pour au mieux le satisfaire.

Sur la nappe en dentelle brodée aux petits points, elle avait disposé deux bougeoirs afin de créer une intimité plus grande et la douceur d'une lumière qui la rendrait plus belle et désirable à ses yeux. Elle avait emprunté à sa cousine des couverts argentés et un seau pour le champagne qu'elle gardait au frais jusqu'à son arrivée.

Bien sûr, elle avait revêtu sa plus jolie robe et paré son cou du petit collier de perles hérité de sa grand-mère.

Peu à peu, le brouhaha de la ville s'est estompé.

La nuit était tombée et les lampadaires de Paris, les becs de gaz, se sont allumés les uns après les autres à intervalles réguliers comme dans un film de Pierre Prévert ou de Carné.

Chez Marguerite, tout était prêt mais un silence nouveau avait tout envahi, de plus en plus pesant, qu'accroissait le tic-tac de la pendule…

D'abord, elle s'est assise sur une chaise, son regard s'est perdu par la fenêtre. Une heure est passée. Puis deux. Puis trois. Elle avait le cœur de plus en plus gros, prêt à éclater et les larmes de ses yeux, peu à peu, lui striaient les lumières de la ville.

Elle est restée comme ça, l'âme en peine, toute seule, toute la nuit, prostrée, désemparée, défaite.

La sonnette de la porte n'a jamais tinté.

Il n'est jamais venu…

Ils ne se sont jamais revus. Jamais !

Après la guerre, dans les années cinquante, alors qu'il remontait le square au pied du Sacré-Cœur, pour le sacro-saint déjeuner hebdomadaire avec son frère Jacques et de vieux copains, Chez Denise, il reconnut une ancienne amie de sa fiancée délaissée.

Assise sur un banc, elle lançait des miettes autour d'elle, aux oiseaux.

Il a hésité, est passé devant elle, puis a fait demi-tour.

Il s'est assis à ses côtés, a attendu qu'elle le reconnaisse.

Il a ôté son chapeau et balbutié : « Et Marguerite, vous l'avez revue ? Vous savez quelque chose ? »

Elle avait changé de vie. Elle avait disparu quelque part en province, près du village où elle était née, du côté de Clamecy. Ici, sur la colline, personne ne l'avait croisée depuis belle lurette. *A priori*, pas de mari, pas d'enfant, peu d'amis, une vieille tante peut-être, allez savoir…

Dans le faubourg Montmartre, ceux qui s'en souvenaient encore disaient qu'elle ne s'en était jamais remise…

Le Gouverneur baissa sa casquette pour dissimuler l'émotion que trahissaient ses yeux.

Jamais je ne l'avais vu à ce point submergé par l'émotion, et me vint cette réplique pourtant sans commune mesure mais si troublante chez Racine dans la bouche de Bérénice :

« Vous êtes empereur, seigneur, et vous pleurez ! »

Il était urgent de boire un nouveau verre pour reprendre nos esprits et le fil d'une autre histoire moins sentimentale, certes, mais assurément plus dramatique encore.

La scène se déroule à Mopti, dans les années trente, sur les bords du Niger, là où il avait organisé l'évasion du merveilleux jardinier Mamadou…

Soupçonné d'être à l'origine d'un vol de bétail, un chef de tribu peul avait été embarqué, menotté et bouclé derrière les barreaux. On attendait de réunir les parties afin de tirer au clair cette affaire somme toute assez banale car malheureusement fréquente.

Oui, mais là, elle prenait une tout autre dimension, s'agissant d'un « homme considérable » aux dires de tous les gens de son village.

Un personnage d'une stature imposante: une tête de plus que les autres, mince, sec, un port altier et des yeux noirs et perçants. On le voyait de loin, toujours drapé dans ses habits de nomade en coton bleu délavé.

Les avis étaient unanimes: on lui trouvait une prestance rare, une allure inégalée. Dans sa tribu, on s'effaçait sur son passage.

On l'appelait le grand chef!

Or cet homme, jusque-là si respecté, fut astreint par le stupide gardien de la prison, alors qu'il jouissait encore de la présomption d'innocence, à la pire des tâches: le nettoyage les latrines!

Ce qu'on appelle sous d'autres cieux: la corvée de chiottes…

Sacrilège!

Refusant de s'abaisser à une telle indignité, et pour son rang d'autant plus ignominieuse, il prit à témoin les autres prisonniers qu'il dévisagea lentement. Et tous, confusément, pressentaient un drame.

Regroupés autour de lui, ils étaient pétrifiés.

C'est alors que le grand chef, lentement, dégaina de son fourreau doré et ciselé le poignard qu'il portait sur sa hanche, que personne n'avait osé lui ôter. Sans tressaillir, d'un geste auguste et fatal, il se trancha la gorge puis s'effondra sur le sol, dans son sang.

Aucune excuse possible pour l'administrateur, quelles que soient les circonstances atténuantes.

Il ignorait que le grand chef avait rang de prince.

Un prince peul à la corvée de chiottes, c'était inconcevable, inadmissible, honteux…

Comment, sa vie durant, se délivrer de cette terrible négligence, de cette négligence coupable ?

XXIII

Tandis que l'après-midi touchait à sa fin et que l'ombre des platanes s'allongeait encore sur le cours Mirabeau, il était temps pour moi d'entamer le tour des pharmacies à la recherche du petit remède euphorisant qui n'est jamais qu'un pis-aller…

J'étais coutumier du fait, mon père souhaitant dans la mesure du possible préserver son image. En réalité, il s'en moquait plutôt, personne n'était dupe, mais c'était mieux comme ça !

Et cela ne l'empêchait nullement de pester contre les Français qui n'avaient décidément rien compris contrairement aux Anglais – ce peuple si civilisé – qui avaient ouvert à Londres des *government shops*, des boutiques on ne peut plus officielles où leurs anciens coloniaux, qui avaient sombré dans les délices de l'Orient, allaient en toute quiétude, le plus naturellement du monde, chercher leur dose…

En vieux toxicomane sur le retour, il m'envoyait dans diverses pharmacies de la ville, de longue date repérées, où j'entrais, profil bas, demander à sa place, un ou deux petits flacons d'« élixir parégorique » officiellement destinés à enrayer les désordres gastriques…

De fait, il s'agissait d'une des rares potions encore en vente libre, échappant au fameux tableau B.

Avec son goût de pastis, elle contenait un peu de teinture d'opium, rappelant le fameux « laudanum » qu'affectionnait Baudelaire.

Et je revenais les poches pleines aux Deux Garçons…

S'il m'arrivait d'être lassé de ces stratagèmes, en y repensant, je m'amusais de cette situation excentrique.

En réalité, je lui en voulais d'autre chose : une de ces vieilles blessures qui cicatrisent trop lentement.

Pour lui, j'avais quitté ma belle pension normande où je coulais des jours heureux, entouré de mes copains « à la vie, à la mort » avec lesquels j'avais fait le serment du sang… afin d'être à ses côtés, le retrouver, lui parler.

Peut-être aussi pour qu'il me prenne dans ses bras…

Et il n'avait rien trouvé de mieux, évitant ainsi d'avoir à me conduire tous les matins, que de me mettre aussitôt pensionnaire dans Aix, au lycée Mignet.

Comme pour se dédouaner : « Tu prends la suite de Zola et Cézanne, tes illustres prédécesseurs dans ces murs », m'expliqua-t-il !

C'est là, je dois dire, que j'eus les enseignants les plus remarquables ; celui de français-latin qui organisait discrètement des séances de méditation – alors décriées par les autorités locales – et avant chaque cours nous obligeait à nous concentrer sur notre ligne verticale, debout derrière notre chaise.

Et celui de grec, qui me fit aimer cette noble civilisation, disait-il, berceau de la nôtre ; très pince-sans-rire, mi-Tati, mi-Buster Keaton avec son chapeau de paille légèrement de travers qu'il ne quittait jamais…

Mais le choc fut rude : d'abord, à tort ou à raison, ce sentiment d'avoir été écarté. Et subsidiairement, un rythme de vie quasi militaire.

Réveil à la cloche, une heure d'étude à jeun, à six heures et demie, avant la cantine exécrable et l'arrivée des externes ; un dortoir de cinquante lits de fer grinçant sous les masturbations frénétiques de notre vigoureuse jeunesse, que parcourait à heures fixes au milieu de la nuit, nous balayant de sa lampe torche, un appariteur chétif et moustachu. Et, en tout et pour tout, deux malheureuses douches délaissées par l'immense majorité de mes compagnons, lesquels avaient décidé de ne se laver qu'en week-end, chez eux, à la maison.

Il y eut d'autres épisodes fâcheux pour un fils qui ouvre trop grand les yeux sur son père : apparition hirsute et tardive à un rendez-vous important chez le proviseur…

Heureusement, si la honte est éphémère, la mémoire est sélective qui s'efforce de ne retenir de la vie que ses moments les plus gracieux. Une image a vite fait d'en chasser une autre.

Peu auparavant et bien ailleurs, notre homme avait fait preuve du meilleur.

Ma sœur aînée, Marie-Pierre, avait finalement succombé à un homme qui l'a poursuivie jusqu'au fond de la province française, chez Cassandre, ami fidèle de la famille et père putatif à l'occasion, chez lequel elle s'était réfugiée pour réfléchir…

Américain d'origine italienne, il s'appelait Pat de Cicco, en était fou, l'épousa et restera celui qui l'a le plus aimée.

Le désir de l'autre finit par être irrésistible…

En séducteur avisé, il avait tiré le gros lot, divorçant d'une héritière américaine célèbre, puis défrayé la chronique en devenant l'amant de Marilyn… Il était aussi l'une des figures de la « bande à Sinatra »…

Lequel Sinatra, à l'occasion d'une tournée européenne, fit une halte à Biarritz, où dans une *cabana* de l'Hôtel du Palais devant la piscine, il se fit couper les cheveux par le marquis d'Arcangues, qui avait appris les finesses de l'art capillaire dans un camp de prisonniers en Allemagne, pendant la guerre !

Pain bénit pour les paparazzis du journal *Sud-Ouest*, que cette scène à laquelle j'eus le privilège d'assister.

Pat et Marie-Pierre vivaient alors à New York où ils s'étaient rencontrés. Depuis, il la couvrait de cadeaux et lui faisait mener grand train.

Aussi chaleureux que généreux et n'ayant pas eu d'enfants, il m'avait pris en affection au point de vouloir m'adopter, ce qui souleva une légère stupéfaction dans la famille !

Et les choses en restèrent là...

Ma mère, qui caressait d'autres rêves pour sa fille, s'en méfiait. Mon père et moi l'aimions beaucoup.

Il nous invita durant des vacances de Noël dans une maison coloniale en bois blanc, avec une longue véranda donnant sur la plage, qu'il avait louée à Nassau, dans les Bahamas. Des vacances imprévisibles et luxueuses se profilaient.

Au bout de quelques jours de baignades répétées dans une mer transparente et tiède, nous fûmes invités, grâce à la notoriété du nouveau gendre, et en tant qu'étrangers fréquentables, sur la pointe nord de l'île, dans un club éminemment privé du nom de : Lyford Key Club.

Dans ce paradis haut de gamme, tout était reluisant et fleurait le dollar : les allées, les pelouses, les club-houses, les massifs de fleurs, les golfs, les limousines et les piscines...

La gentry anglaise jouait au bridge et tapait des balles avec quelques millionnaires américains de passage, cigare aux lèvres en guise de signe distinctif. Et tout ce petit monde buvait du champagne sur des tables dressées çà et là, à sa demande.

Autour d'une des piscines, sous les larges parasols où nous étions installés, un amas de vieilles dames fardées, cachées derrière des lunettes en forme de cœur, papotait joyeusement. Leurs robes de mousseline légèrement retroussée dévoilaient des maillots à fleurs… Et des serviteurs noirs, probables descendants d'esclaves, dûment sanglés dans leurs pantalons de satin grège, veillaient à satisfaire leurs moindres désirs…

Nous bavardions, nous aussi, aimablement lorsque l'une de ces dames, le prenant pour un nouveau membre potentiel, s'approche de mon père, jusqu'à se pencher sur son épaule :

« *You know, this is a very chic club. No Niggers, no Jews!* Vous savez, ici c'est un club très chic. Pas de Nègres, pas de Juifs ! »

Légère consternation…

Et mon père de lui répondre du tac au tac, avec son accent impayable à la Maurice Chevalier :

« *Well, you know, I will never be part of your club because I would not be able to see my best friends!* Eh bien, vous savez, je ne ferai jamais partie de votre club car je ne pourrais y voir mes meilleurs amis ! »

XXIV

À la fin de l'année 1980, j'avais vingt-neuf ans, mais plus de père à qui parler.

Nous avions eu des points de désaccord. Il considérait que l'expérience n'était pas transmissible ; ce qui constitua, curieusement, un conflit assez profond entre nous. Refusant d'admettre cette fatalité, je voyais dans cette affirmation, non seulement une erreur de jugement, mais une pirouette un peu facile pour s'en tirer à bon compte.

Cet échange auquel il rechignait, invoquant la pudeur, en nous poussant chacun dans nos retranchements, nous eut, tout simplement, rapprochés davantage.

En y repensant il y a peu, en fin d'après-midi, je me suis assis à la terrasse des Deux-Magots au cœur de Saint-Germain-des-Prés où avant guerre, entouré de quelques amis secrètement complices, il fumait à la pipe des boulettes d'opium mélangées à du tabac, comme si de rien n'était…

Il n'était plus là, naviguait dans un autre monde.

Mais je sentais très fortement sa présence à mes côtés ; non comme un ange gardien mais plutôt dans ce qui s'apparenterait à un dédoublement médiumnique. Comme si nous étions encore aux Deux Garçons sous les platanes du cours Mirabeau. Alors, j'ai sorti ma plume et couché sur le papier l'ébauche d'une lettre confiée dans mon imaginaire à un porteur céleste, un Hermès aux pieds ailés, un messager des dieux…

Une ultime missive à mon père destinée.

Et c'est à Sils-Maria, la plus majestueuse des vallées montagneuses, entre vastitude himalayenne et quiétude helvétique hantée par le souvenir de Nietzsche, de Rilke, de Jouve, d'Hermann Hesse et de tant d'autres, que je l'ai reprise pour l'achever.

Me reviennent encore à propos de Sils ces quelques mots de Proust dans *Les Plaisirs et les Jours* : « Nous nous sommes aimés dans un village perdu d'Engadine au nom deux fois doux : le rêve des sonorités allemandes s'y mourait dans la volupté des syllabes italiennes. »

Retrouvées, comme toujours, éparses au fond d'un tiroir, des notes anciennes m'aidèrent à la compléter.

Je repensais aux siennes, à ses longues lettres aussi rares qu'impatiemment attendues qui ponctuèrent mon enfance.

Je les serrais contre moi avant d'aller les lire en cachette, à l'abri des regards, dans le petit bois derrière la maison de ma pension normande. Aujourd'hui disparues, certaines sont peut-être encore enterrées au pied d'un arbre dans une boîte métallique parmi quelques biscuits et chocolats.

Et je me disais que le temps était venu pour moi de monter au filet et de lui renvoyer la balle.

XXV

Maintenant que nous sommes si proches et si lointains l'un de l'autre comme nous le fûmes souvent ; maintenant que nous sommes l'un sans l'autre, comment dire autrement ?

Toi, je l'espère, au firmament et :

> *À cette heure, pour moi, du crépuscule triste où je perds à la fois le fil de mon poème et celui de ma vie et ma voix et ma joie, parce que j'ai voulu te redire je t'aime et que ce mot fait mal quand il est dit sans toi…*

Encore Aragon, décidément.

À cette heure donc, où je scrute le ciel à la recherche de cette étoile plus brillante que les autres, que jadis tu me montras du doigt au-dessus de la Sainte-Victoire, à la manière de Maldoror, je te salue mon père chéri :

« Je te salue vieil océan ! »

Tu le sais déjà, loin de moi la tentation de dresser un bilan. Je n'ai fait que relater ici quelques épisodes de ta vie et de la mienne. Certains ne manquent pas de charme, j'ose le croire, d'autres, plus ou moins aboutis, témoignent, en tout cas, d'un appétit de vivre, d'une rage de vivre comme disait Kessel et de cette intelligente nécessité dont tu parlais, de saisir la balle au bond…

Mais il arrive un moment où l'on est fatalement saisi de cette évidence : le sentiment violent que l'essentiel n'est pas dit. Quand bien même y arriverait-on, d'ailleurs, faut-il tenter de le formuler en ces temps de « Kali Yuga », selon cette sagesse indienne que nous chérissons, si étrangement semblable à notre apocalypse : il ne s'agit pas de la fin du monde mais bien de la fin d'un monde où les choses sont formulées, où le meilleur comme le pire remonte à la surface ?

Une apocalypse porteuse de changement qui, à ce titre, précise René Girard, fonde une espérance.

Et si l'on sait depuis Cioran que : « L'on ne goûte de véritable saveur à ses jours qu'à la condition de se dérober à l'obligation d'avoir un destin. »

L'on sait aussi la nécessité de prendre à certains moments par les cornes le taureau de l'existence, comme tu aimais à le dire, et notre courage à deux mains. Je me répète. Tu vois, j'ai retenu la leçon, elle me semble plus que jamais, être un joli programme…

Mais il est temps de regarder les choses en face: Je n'ai jamais été le fils du Gouverneur!

Quand je suis arrivé au monde tardivement, par hasard mais par amour aussi, pauvre embryon riche de mes seuls yeux tranquilles, tu étais un personnage haut en couleur, une figure emblématique aussitôt ceinte par mes soins d'une belle auréole. Mais à cinquante ans révolus, ta retraite anticipée émoussa bientôt tes ambitions, te mettant sur la touche.

À peine avais-je commencé ma vie que tu avais presque fini la tienne. J'entends par là celle que tu me racontas, celle qui t'emporta, t'exalta et te tint en haleine. Et nous avons vécu de merveilleux souvenirs, pour moi si glorieux au symbolique et à l'imaginaire, comme disent les « psy » dont tu te méfiais tant, que le combat pour l'avenir, tu t'en doutes, n'a pas toujours coulé de source…

À tort ou à raison, il est des suites difficiles à prendre, c'est bien connu. Alors j'ai fini par admettre qu'il suffisait d'adapter son regard, d'orienter autrement sa lanterne, d'entreprendre et de construire autre chose, avec ce qu'il nous reste de rêves…

Comme tu le sais, à ta semblance, j'ai beaucoup arpenté le monde, traversé les mers et grimpé les montagnes.

J'ai commis quelques livres, rédigé des centaines d'articles, donné des conférences, animé et produit des émissions à la radio, à la télévision, dirigé des équipes et enseigné l'histoire de l'art à l'université : ce que j'ai fait de mieux sans doute et mon plus beau souvenir.

Et qui explique aussi mon désir de défendre à tes yeux cette nécessaire transmission de l'expérience et du savoir.

J'aurais pu faire davantage, gravir des échelons, viser l'aiguillon du pouvoir, mais le mieux est l'ennemi du bien comme dit l'autre, et peut-être ai-je hérité de toi une certaine nonchalance. Quant à la question de l'ambition maintes fois soulevée, elle reste plus intime et complexe.

On sait aussi, dans l'ordre des banalités, que la meilleure façon de ne pas franchir la barre, est de la placer trop haut.

Et puis, finalement, au bout du compte, qu'importe? Au bout du « conte »?

Comme disait le cousin Satprem: « Il suffit de lever les yeux au ciel. Que sommes-nous? Au mieux, trois secondes sous les galaxies… »

Et les temps changent, si tu savais!

Toi, dont je me suis dit en voyant passer ton cercueil emporté vers sa dernière demeure, gravé de tes dates, 1900-1980: quelle génération fabuleuse!

Toi, qui as connu les « pétomanes » devant lesquels s'esclaffait la bourgeoisie endimanchée dans les théâtres des Grands Boulevards, la Goulue et Valentin le désossé, les pavés de Paris en bois, le doublement des attelages place Clichy pour grimper sur la butte Montmartre, les marchands d'eau chaude dans les rues de Paris, les sauts de puce des premiers avions au Bourget, le dimanche en famille après la messe…

Et les hommes sur la lune…

Rien ne devrait t'étonner.

Eh bien, imagine que nous disposons désormais de montres dites intelligentes, qui mesurent en permanence notre taux de diabète ou de cholestérol… Qu'il suffit de plaquer son téléphone portable, grand comme un paquet de cigarettes, sur un écran électronique pour sauter dans un train ou un avion. Que cette même petite machine infernale et géniale nous indique à chaque instant le cours des matières premières, la météo, la fréquence des battements de notre cœur… Et nous localise n'importe où sur cette planète, à quelques mètres près, jusqu'en Patagonie…

Grâce, ou plutôt, à cause des progrès galopants de la technologie, nous assistons, impuissants, à la formidable accélération de ce qu'Attali appelle « l'hypersurveillance ». Et ce n'est qu'un début.

Nous qui rêvions de liberté en 68, sommes fichés et filés comme jamais !

À ce désir de liberté, s'est substitué celui de sécurité. Une sécurité qui a bon dos ; c'est l'excuse suprême d'une société au-dessus de laquelle planent désormais les menaces du terrorisme.

Pire encore : ce mouvement nommé « transhumanisme » nous promet des puces électroniques intradermiques qui permettront non seulement de nous suivre à la trace mais d'aller jusqu'à manipuler nos pensées avec les conséquences qu'on n'ose imaginer…

Nous croulons sous le poids d'autres menaces encore : George Orwell est dépassé par « l'intelligence artificielle », « l'homme augmenté », l'espionnage digital, l'écoute généralisée, la reconnaissance faciale, le traçage systématique des transactions, les manipulations génétiques concoctées par les neurosciences…

Sans parler de ce nouveau virus venu de Chine et son cortège de variants : aux dernières nouvelles, après l'indien appelé pudiquement Delta, l'Omicron qui, ayant à son tour envahi la planète, bouleverse la vie des gens, leur autonomie, leur liberté en désorganisant l'économie mondiale.

Quant aux vaccins qu'on nous a inoculés à tour de bras, on les soupçonne aux dernières nouvelles de porter atteinte à nos défenses immunitaires.

Grâce aux sommes extravagantes injectées par les planches à billets, on nous annonce que la croissance redémarre. Mais si, se substituant désormais à la crise sanitaire, crise économique réelle il y a, elle sera porteuse de bien plus grands dégâts.

La surpopulation planétaire que tu avais prédite devrait se stabiliser à neuf ou dix milliards d'habitants dans les décennies proches. Poussée par un réchauffement climatique déjà en marche avec la fonte des pôles et des glaciers de nos

Alpes et plus encore de l'Himalaya, elle nous promet, qui plus est, des mouvements migratoires d'une ampleur difficilement contrôlable dont notre vieille Europe risque fort d'être la première à payer le prix.

Alors on se repose sur cette idée selon laquelle les hommes ont toujours su s'adapter aux évolutions de leurs sociétés comme jadis les batraciens se sont vu pousser des ailes pour survivre…

Ton ami Prévert nous avait prévenus : « C'est dans les bas-fonds qu'on pousse les hauts cris. » Mais cette fois, il va falloir s'accrocher au bastingage et faire preuve de beaucoup d'imagination !

Seul un gigantesque réveil de solidarité sera à même d'endiguer les risques de dislocation. Heureusement, ce vieux sage d'Edgar Morin, du haut de ses cent ans, revient à la charge pour prôner un humanisme régénéré : « La prise de conscience de la communauté de destin terrestre devrait être l'événement clef de notre siècle. » Il ajoute : « Le vrai réalisme sait que l'improbable est possible et que le plus important et fréquent, est l'arrivée de l'inattendu dans le réel. »

XXVI

J'en reviens à nous.

Donc, te disais-je... Sur toute chose, porter un autre regard.

Je n'ai cessé de m'y atteler, vaille que vaille, me remémorant souvent cet aphorisme, bien à toi : « Il n'est pas de chimère qui patiemment et avec amour caressée, ne devienne une réalité vivante. »

Mais, à vrai dire, je porte toujours en bandoulière, cette indécrottable sentimentalité que je transforme en une nécessaire fidélité aux êtres aimés et aux valeurs qui m'ont constitué.

Elle m'apparaît, au fil du temps, une vertu cardinale. Considérée comme un frein dont il faut se défaire si l'on veut progresser dans l'aventure spirituelle, ce que j'admets volontiers ; loin d'être mon étendard, je dirais qu'elle est plutôt le défaut de ma cuirasse dont je ne suis ni fier ni honteux.

J'espère et veux croire seulement à l'instar de Nietzsche que : « L'homme de l'avenir est celui qui aura la plus longue mémoire. »

Une condition qui me semble, à ce jour, essentielle.

Tu vois, « Vieil océan », décidément j'aurai beaucoup écrit avec les mots des autres. Ces mots, que bien souvent, je te dois.

Puissé-je en avoir fait bon usage. En tout cas, ils m'ont aidé à rêver et parfois à entreprendre, à rester autant que faire se peut fidèle aux rêves de ma jeunesse…

« Fidèle aux rêves de sa jeunesse » auraient été les derniers mots de Jacques Lacan, le fameux docteur auquel tu envoyas Octave Mannoni, croisé naguère à Madagascar ; ce qui changea sa vie. Il devint à son tour un analyste de renom.

Lacan, dont nous admirions les envolées lyriques :

« Ce moment de coupure est hanté par la forme d'un lambeau sanglant. La livre de chair que paie la vie pour en faire le signifiant du signifiant, comme tel, impossible à restituer au monde imaginaire.

C'est le phallus perdu d'Osiris embaumé… »

Et parfois la subtilité des formules : « Il n'y a rien à espérer du désespoir. »

J'aimerais ne rien oublier.

Après tant d'années, ce qu'il me reste à te dire, bouscule ce que je dis.

En feuilletant ton livre, *Les Frontières du Bonheur*[1], j'ai retrouvé des mots où tu laisses entrevoir ce que j'ai toujours aimé chez toi. Des mots simples, une franchise spontanée :

« Je n'ai pas pour habitude d'être content de moi, bien que j'aie une grande estime pour mes qualités profondes et une certaine indulgence pour mes faiblesses qui, cependant, me désespèrent.

Je me soucie peu de ce que pensent les autres. Seule peut me blesser une fausse opinion de ceux que j'aime et ils sont très rares.

J'imagine toutefois que l'on peut me prendre pour un homme assez cultivé, assez paresseux, assez aventureux, assez léger, assez mystique, assez égoïste, assez brave, assez spirituel, assez calme, assez compétent, assez ouvert, assez curieux, assez tendre, assez enthousiaste, assez sensuel, assez volontaire, assez versatile, assez travailleur, assez bon, assez beau, assez bien, somme toute assez sympathique. »

Et, allusion à ton cheminement spirituel qu'il faut bien dire particulier : « J'ai l'éternité devant moi et peut-être quelque chose à faire de moins important… Monter en flèche n'est réservé qu'à de rares élus. Ayant beaucoup bourlingué dans ce monde, je n'aspire qu'à monter en spirale,

1. Gallimard, collection « L'Air du temps », 1954.

faisant le tour de toutes choses. Je monte lentement parce que je me dépouille lentement. J'économise mon lest. Il est parfois si séduisant ! »

Ce à quoi, je te répondis, un jour : « Oui, bien sûr, mais attention, il y a aussi la descente en flammes ! »

Racontant cette histoire, là-haut, sur les montagnes de Kotagiri, à Satprem qui te connaissait si bien, nous sommes partis d'un grand éclat de rire. Il savait aussi ton amour inconditionnel de l'Inde :

« Accrochée au ventre de l'Asie, elle est la mamelle du monde. Je dois à l'Inde de m'avoir réchauffé l'âme, d'avoir éclairé mes ténèbres… »

Je reviens à ces jours anciens où, enfant, dans le grenier de tes parents tu dévorais des après-midi entiers les livres de Jules Verne si bellement illustrés, disais-tu : *Vingt mille lieues sous les mers*, *Le Tour du monde en quatre-vingts jours*…, les doigts plongés dans un bocal de confiture.

Et aux héros qui peuplèrent ton enfance : Buffalo Bill, Nick Carter, les Pieds Nickelés, Croquignol, Ribouldingue et Filochard…

Je me souviens que tu disais avoir été élevé au bouchon !

Lors du déjeuner dominical dans la maison de famille sur les bords de l'Erdre près de Nantes, où ton frère Jacques et toi aviez le droit de partager la table parentale à condition d'être sages, un bouchon était posé sur la nappe, à votre place. Vous étiez tenus de le mettre à votre bouche dès votre plat terminé afin de ne pas interférer dans la discussion des adultes…

Que tu fus un miraculé de la méningite cérébro-spinale dont les enfants de ton âge mouraient comme des mouches, faute d'antibiotiques ou de cortisone.

Et de tes premiers émois lors de ta convalescence à la lecture de l'*Aphrodite* de Pierre Louÿs.

Il y eut aussi ce jour où nous découvrions ma future école, ma belle pension de Normandie. Là où j'allais vivre était une grande bâtisse couverte de lierre, bordée d'une mince rivière, l'Iton, avec un terrain de foot et un autre pour courir le cent-mètres et sauter en hauteur. Et, tout au bout, ma classe donnant sur un pré où je regardais, entre deux dictées, paître les vaches.

Alors que nous en faisions le tour, nous retournant tout à coup, nous t'avions perdu. Où est-il passé ? Mystère ! En rebroussant chemin, on t'a retrouvé assoupi de tout ton long dans une brouette.

Regard estomaqué de celui qui allait devenir mon « chef de maison » ; celui aussi embarrassé qu'amusé de maman qui en avait vu d'autres…

Et t'aimait pour cette légèreté fantasque.

Je me souviens que dans cette école où tu n'es revenu me voir qu'une seule fois en cinq années – t'en es-tu seulement rendu compte ? –, j'allais m'isoler au pied d'un arbre du petit bois, derrière le terrain de sport, pour lire et relire tes lettres si bien tournées, de peur d'être surpris la larme à l'œil.

Et, à Paris, de cette bagarre épique à La Closerie des Lilas, dans les années vingt, où vous vous êtes jetés à la figure les œufs durs des clients du bar, avant d'en arriver aux poings avec les tenants de cette bonne vieille littérature, lecteurs d'Anatole France et de Paul Bourget qui vous reprochaient, à vous les surréalistes, d'être incapables d'écrire en alexandrins.

Relevant le défi avec Aragon, tu écrivis ton plus beau poème : « Le Minotaure », trente pages en vers à douze syllabes ponctués de césures à l'hémistiche…

Mais aussi que ce soir-là, hors de tes gonds, faisant fi de tout, dans un élan bien surréaliste, tu es parti, échevelé, au milieu de la nuit, à la recherche de la femme bouleversante…

Je me souviens que juste avant les colonies, tu avais vendu pour Paul-Louis Weiller des moteurs d'avion à Moscou, grâce à tes amours coupables avec l'une des filles de Krassine, premier ambassadeur des Soviets à Paris. Il t'avait obtenu l'impossible : un visa.

Et que, péchant par amateurisme, tu t'en étais voulu après coup en apprenant que les moteurs en question, étant à refroidissement à eau, il leur arrivait de geler en plein vol…

Difficile à croire, mais peut-être la réalité du commerce dépasse-t-elle la fiction.

Que tu m'as fait découvrir Alphonse Allais, « la mer a le fond salé », et de tes rires étouffés le soir en le lisant jusqu'à plus soif. T'en souviens-tu ? Nous partagions sa conception du paradis : « Une immense terrasse de bistrot avec tous les copains… »

Ce qui ne nous empêchait nullement de digresser aussitôt sur notre amour des femmes…

Amour que tu temporisais par cette idée selon laquelle même les plus tendres ont toujours un gant qui traîne quelque part, pour le jeter dans l'arène, afin que leur amant aille le cueillir dans la gueule des lions…

Et dans la foulée, de ta capacité irraisonnée à répandre inopinément une nouvelle pour le moins déconcertante, sans rapport apparent avec la conversation en cours.

Ainsi, que tu avais eu un fils, prénommé Alain, qui serait mort dans un courant d'air – ce sont tes mots – au milieu de la jungle africaine…

Et dont nul ne saura jamais ce qu'il en fut…

Que, sans t'en émouvoir davantage, tu ajoutais en guise de conclusion :

« Qu'à cela ne tienne, on en fera d'autres ! »

Cela faisait partie de ton charme jugé par d'aucuns irrésistible, par d'autres un peu moins, mais témoigne aussi de la liberté de dire et de penser de cette époque que l'on se prendrait volontiers à regretter en ces temps de frilosité si politiquement corrects !

À vrai dire, je te préférais parfois plus sérieux, répétant après René Char que « L'essentiel est toujours menacé par l'insignifiant » ou t'interrogeant sur ce que nous appelions le passage poétique.

Ce mystère, ce petit miracle où tout à coup, le fait d'accoler quelques mots, souvent inattendus et très simples, dans un sens plutôt que dans un autre, génère une image, un souffle, un enchantement qui sont précisément le fait de la dimension poétique où nous retrouvions Valéry, Mallarmé et Rimbaud :

Midi le juste…
Achille immobile à grands pas
Assoupi de sommeil touffu
Ces nymphes, je les veux perpétuer…
Le transparent glacier des vols qui n'ont pas fui.
L'aube exaltée ainsi qu'un peuple de colombes.

En décembre 45, de retour à Paris, je me souviens encore de cette sombre affaire, jamais élucidée, où ayant déjeuné avec toi à sa demande, Robert Denoël, l'éditeur chanceux du *Voyage au bout de la nuit* de Céline que Gallimard avait refusé malgré l'insistance d'André Malraux, s'est fait descendre juste après d'une balle bien placée.

Quittant le restaurant, il s'est effondré sur la chaussée avant d'entrer dans sa voiture. Règlement de compte de la Résistance ? Élimination expéditive d'un collaborateur notoire, ayant notamment publié Brasillach et Rebatet…

Que vous êtes-vous dit ce jour-là ?

Tentait-il, s'affichant avec toi, de redorer son blason ?

Et à propos de Malraux, me revient cette anecdote de ses *Antimémoires* qui t'avait rendu perplexe. Interrogent l'aumônier des maquis du Vercors sur ce qu'il avait retenu des centaines ou milliers de fidèles qu'il avait confessé au long de sa vie, il s'entendit répondre deux choses :

> *D'abord, les gens sont beaucoup plus malheureux qu'on ne croit…*
> *Et puis, le fond de tout, c'est qu'il n'y a pas de grandes personnes…*

J'en arrive à des scènes plus truculentes :

Je me souviens que revenant d'Aix, un soir d'orage sur la Sainte-Victoire, après une bonne heure de marche le long de la route et dans la pinède, tu as réveillé au milieu de la nuit notre légionnaire, ton factotum, Angelo, qui sera pour moi comme un grand frère, en lui disant : « J'ai dérapé dans un virage, viens me donner un coup de main, un coup d'épaule pour remettre la voiture sur la chaussée. »

Et que, le lendemain, il a fallu deux tracteurs pour la tirer. Elle était verticale dans un fossé profond dont personne n'a compris comment tu as pu en sortir indemne…

Encore une fois, la baraka !

Je me souviens qu'avec lui toujours, mais cette fois en chauffeur zélé, nous arrivâmes avec une bonne heure de retard à Toulon. Nous attendait dans la rade, en grande tenue, sur le pont du *De Grasse*, vaillant croiseur anti-aérien, l'amiral Jubelin, escorté de sa fanfare, sa chorale. Des photographes du *Provençal* étaient là pour immortaliser l'instant…

Nous étions un peu penauds mais toi, tu te drapais dans une dignité de circonstance. Avec une chaleur très vite retrouvée, il t'a épinglé la rosette de la légion d'honneur tandis que retentissait la *Marseillaise*.

Accolade d'usage où tu n'as rien trouvé de mieux que de lui glisser à l'oreille, un peu fort : « C'est la roseur de la légion d'honnête ! »

Sourire amusé de l'amiral devant le crépitement des flashs…

Devenu ton ami, il te proposera plus tard de t'élever à la dignité de commandeur, proposition que tu déclineras, considérant désormais comme inélégante ce que tu appelais la course aux médailles.

Je me souviens encore du vieux Troumline qui « faisait les cochons » dans notre hameau de Saint-Antonin. Il t'apportait des bocaux de champignons sauvages macérés dans un vinaigre de sa composition que nous dégustions avec un petit verre de blanc. Devant ta négligence ou ta largesse, il te répétait avec son bon sens paysan : « Baron, t'es trop bon, t'es trop con ! »

Et de cette époque, remonte le souvenir de tes nouveaux et jeunes amis :

Bruno, l'artiste ténébreux qui, dans une branche d'olivier, me tailla la croix que je portai autour du cou lors de ma communion solennelle où, présenté à l'évêque, j'entends encore ces mots : « Celui-là, monseigneur, est un curieux mélange : mi-français, mi-mexicain… »

Il jetait aussi du plomb liquide dans des bacs d'eau froide pour en faire des sculptures et avait découvert près de la maison un tumulus dont les molaires de nos ancêtres préhistoriques te servirent longtemps de monnaie d'échange pour régler les notes de ton dentiste aixois…

Et de Paul, sa gentillesse et son sourire radieux : le fils dégingandé et récalcitrant de Maurice Thorez, qui venait nous cuisiner son bortsch et nous raconter ses vacances en Crimée dans la datcha de Khrouchtchev…

Et je me souviens de notre chien Léon, un dogue de Bordeaux dont les ancêtres attaquaient les taureaux dans les arènes ; mais celui-là, doux comme un agneau qui dormait sur mon lit. Et de ton idée loufoque d'acheter un paon pour l'appeler. Le cri du paon étant : Léon, Léon…

Et puis, de notre échappée à Belle-Île sur le Guerveur, qui assurait la liaison avec le continent, où tu étais hanté par un cauchemar récurrent au cours duquel tu me voyais marcher comme un somnambule sur les remparts de la citadelle de Vauban, puis glisser et tomber dans le vide.

Cette nuit-là, tu t'es levé, poussé sans doute par un désir pressant et je t'ai entendu dévaler l'escalier étroit et pentu de notre petit hôtel dont les chambres donnaient sur le port. Chute mémorable dont tu t'es relevé, à soixante-dix ans, comme un charme, sans un bleu ou presque et brusquement soulagé ! De ce cauchemar, ta chute, conjurant la mienne, t'avait libéré pour toujours !

Bien sûr, comment oublier ces longues envolées où tu m'expliquais que tu n'as jamais eu, ni vraiment le sens du pouvoir alors qu'à certains moments, il eut fallu… ni l'instinct de possession hormis peut-être celui des femmes. « Il n'est pas d'amour sans jalousie », disais-tu.

Je me souviens que tu n'étais pas, non plus, un homme de la terre mais qu'à Aix tu garderais toujours pour moi le grand champ de blé en face de la maison, les pinèdes, les garrigues, les roses trémières et les lavandes, les amandiers qui fleurissaient pour mes vacances de Pâques…

Et, quelques années plus tard, patatras ! Sans crier gare, sur un coup de tête ou par lassitude, Carmen et toi avez tout vendu à Gaston Defferre, notre coquin maire de Marseille qui avait déjà croisé ta vie en épousant ta première femme, Andrée, celle que tu avais emmenée à Dakar en 1927.

Il est venu un beau jour d'été, en voisin, te rendre visite. Il s'est posé comme une fleur avec son hélicoptère sur notre champ de blé moissonné. Là encore, rien n'a filtré de votre conversation.

De retour à Paris, en septembre, tu m'as mis devant le fait accompli. Je n'ai pas eu le temps de faire « ouf », l'affaire était bouclée. Il était reparti le jour même avec son butin : notre maison !

Sacré François, tu m'en as joué des tours avec ton air gaillard. Et tout en sifflotant, comme une ritournelle, la nécessité toujours d'élever le débat.

Je pense encore à ces longues lettres de Léna, poétesse délicate qui accompagna mon enfance et celle de mes sœurs. Éprise de Giacometti, elle fut ensuite, durant des années, le modèle, la compagne de Balthus. Elle te décrivait sur des pages à n'en plus finir le paysage austère de son Jura natal dont elle détaillait les contours à travers les carreaux de sa cuisine.

Et le plaisir que tu prenais à les relire.

Elle était parmi vous, ce soir fameux où, à Chassy, le château bourguignon savamment délabré de Balthus, n'osant traverser le salon des grandes personnes, nous pissâmes mon copain Alexandre et moi sur le poêle brûlant de notre chambre, soulevant un nuage de fumée qui alla jusqu'à chatouiller vos narines.

Le tollé qui s'ensuivit. Et finalement de grands éclats de rire.

Je revois aussi ta fascination pour ce portrait de femme en pied, très XIXe, avec sa longue robe d'un noir goyesque et sa collerette en dentelle blanche, que fidèlement, en catimini, tu retournais voir au Petit-Palais, lors de tes séjours dans la capitale.

Tu prétendais avoir beau faire des allers et retours devant elle, elle ne te lâchait pas. Toujours elle te suivait du regard…

Toi-même n'arrivant pas à t'en détacher.

Et de ton émoi quasi mystique au Louvre, où nous étions presque seuls, ce dimanche matin, devant le *Saint Jean-Baptiste* au doigt levé de Léonard… Cette image, qui m'avait également bouleversé, me servira d'illustration lors d'un texte que j'écrivis des années plus tard sur l'idée du sacré.

Je me souviens aussi que tu déplorais ton indifférence à la musique. Tu n'entendais ni ne comprenais la grande ou la petite, l'ancienne ou la contemporaine.

Mais, en revanche, tu vibrais à la peinture, à cette sensualité d'un autre ordre, disais-tu, avec une justesse évidente.

Pour preuve cet extrait écrit à la hâte, à ton accoutumée, pour illustrer un jour, une œuvre de Balthus longtemps sur nos murs :

Parce que j'aime les hommes qui regardent le monde
Avec une intensité émerveillée et inquiète
J'aime Balthus
Parce que dans une solitude orgueilleuse
Il peint son bonheur et sa souffrance

Parce qu'il est à la fois sensuellement
Grave et gravement spirituel
Parce qu'il nous réserve un chien de sa chienne
Et quelques nouvelles délices
J'aime Balthus
Parce qu'il est fort comme Gilles de Retz
Pénétrant comme Saint-Simon
Voluptueux comme le cardinal de Bernis
Dandy comme Delacroix, princier comme Raphaël
J'aime Balthus

Je retiens aussi ton approbation lorsque dans ma « période Castaneda », je t'ai recopié cette phrase :

« La confiance en soi de l'homme ordinaire n'est pas celle du guerrier. L'homme ordinaire cherche à se rassurer dans le regard de l'autre et nomme cela confiance en soi. Le guerrier cherche à être impeccable à ses propres yeux et nomme cela humilité. Ainsi l'homme ordinaire est-il suspendu au regard de l'autre alors que le guerrier n'est suspendu qu'à lui-même. »

« C'est la base, me dis-tu, enchaînant sourire en coin, pour la modestie, je ne crains personne ! »

Plus que tout, je garde ancrée dans ma mémoire ce qui reste pour moi, éternel agnostique, malgré mes tentatives et mes désirs de croire, une énigme plus troublante que celle du Sphinx. Une énigme qui continue de nourrir mon admiration envieuse devant ce qui suscite le respect mais nous échappe : cette foi que je t'ai toujours connue, chevillée au corps et à l'âme. Cette foi que nul discours n'explique, ponctuée de doutes bien cartésiens mais qui a finalement empli ta vie dans une confiance étonnante, tel un fil directeur en ultime rempart face à l'absurdité du monde. Face à la souffrance humaine, cette « clameur de misère » qu'évoquait Satprem reprenant les mots de la Mère.

Je me souviens encore de l'importance que tu accordais à l'intuition. Cette irruption de l'inconscient que tu dépeignis un jour joliment :

> *Je ne connais pas cette femme, disent les bourgeois de l'esprit.*
> *Quelle drôle d'écriture, disent les savants et les sages.*
> *Chouette ! dit le poète.*
> *Mais fugitive, la belle intermédiaire est repartie*
> *dans son royaume de lumière.*

Et de cette autre nécessité impérieuse que tu affichais, de l'optimisme. L'important est de devenir, écrivis-tu : « Seul un optimisme irréfutable donne le sens de l'éternel, l'espoir d'une connaissance illimitée. »

Sur ce sujet, la discussion n'est pas close car il existe un optimisme béat un peu trop facile. Ne vaudrait-il pas mieux parler d'un pessimisme ou d'un désespoir surmonté ?

Aussi fidèle à tes souvenirs qu'aux signes du destin – et je me reconnais en toi –, tu étais hanté par cette porte entrouverte devant laquelle tu étais passé, un jour, en Inde, d'où filtrait une lumière mystérieuse dont l'éclat te poursuivait comme celui d'un bonheur perdu.

Et dans ton livre ces mots : « À travers les femmes souvent, l'opium pendant un temps, le danger certains jours, j'ai aimé l'intensité à tout prix. C'est un amour qui peut conduire aux pires catastrophes mais aboutit parfois à la sagesse, cette intensité calme. »

Dans un dernier retour vers l'Inde, t'accompagnait cette phrase d'Aurobindo : « Le divin est tout entier en chacun de nous, comme le soleil tout entier dans chaque goutte de rosée… »

Et de conclure, citant cette sentence de Pascal qui fulgurait dans l'arrière-plan de ta mémoire : « Humiliez-vous, raison impuissante… Apprenez que l'homme passe infiniment l'homme. »

Enfin, dans un registre plus sentimental, tu ne m'en voudras pas de garder en moi ces vers d'Anna de Noailles, sans doute parce qu'ils furent les ultimes que tu as balbutiés :

Et toi aussi tu t'en iras
Un jour de moi jeunesse,
Tu t'en iras, tu t'en iras,
Portant l'amour entre tes bras.

Heureusement, comme nous l'apprend Valéry :

La vie est vaste étant ivre d'absence…

Et la conscience en marche, à laquelle je veux croire plus qu'aux dieux des traditions les plus sacrées.

Et si tu ne fus pas le père idéal, toi qui, de ta vie, ne m'as demandé : « Comment vas-tu ? », je reconnais que tu as bien joué ton rôle d'homme, parfois même de façon surprenante…

Alors, quittons-nous, cette fois, « Vieil océan », je t'ai suffisamment rendu hommage.

Il est temps de tirer l'échelle, cette échelle qui s'appuie sur l'azur.

Tu le sais depuis toujours, loin de moi l'idée de jeter l'opprobre sur ce qui ne fut que désillusions ou tristesses passagères…

Je n'ai jamais surpris, chez toi, la moindre des malignités.

Je t'ai peut-être trop aimé.

Voilà tout !

Maintenant le vent se lève qui ouvre et referme ces pages et si ta vie fut dense, la douceur inouïe du regard de Ma Anda May, posée sur mon bureau, suffit, en cet instant, à combler la mienne.

Après ton dernier souffle, je t'ai enterré bien trop vite dans un cimetière sans charme qui ne te méritait pas, avec quelques fleurs mais sans couronnes. Sans l'amour de ta vie, ma mère, ta Carmen qui, du fond de l'Inde, n'a pu parvenir à temps.

D'amis, toi qui en fus si entouré, pas plus que les doigts d'une main.

De bénédiction, aucune. Quelques mots, à peine, entre deux rafales de vent, pour troubler le silence. Certains me reviennent : « Modèle de courage et d'humour, ce clin d'œil qui démystifie et remet tout à sa place. »

C'était vrai, mais peu de chose, en regard de ce que tu fus vraiment…

Alors, en jouant de mon miroir, j'ai tenté d'éclairer quelques facettes méconnues de ta vie, en y glissant quelques-unes de la mienne.

Il y a beaucoup de rayons, il n'y a qu'un seul soleil, me dis-tu.

Que la lumière soit corpusculaire ou ondulatoire et cela t'émerveillait, elle laisse toujours des traces.

Et les traces font rêver.

Quelques années plus tard, en reportage à Shanghai.

Mes remerciements chaleureux vont à Olivier GT
et à Olivier A, à Pascal, à Hervé, à Blandine
et à Laurence….

Achevé d'imprimer en avril 2023 par Corlet Imprimeur - 14110 Condé-en-Normandie
Dépôt légal : avril 2023 - N° d'imprimeur : 23040404 - Imprimé en France